AF282539

Thomas Gagalick

R e f l e x e

Kriminalroman

4

Herstellung: Books on Demand GmbH
ISBN 3-8311-3552-5

1

Plangemäß, geradezu klassisch funktionierte das Trio nur bei der Eröffnung. Patrick stülpte die Maske über und nahm seinen Platz in der Gasse ein. An ihrer Zufahrt errichtete Henri ein Umleitungsschild auf der Straße. Als die Limousine nahte, gab er Patrick ein Zeichen. Dann sah er zu, wie der schwere Wagen der Umleitung in die Gasse folgte. Dicht dahinter fuhr Bruno auf, stoppte sein Fahrzeug und sperrte mit laufendem Motor die Zufahrt. Henri räumte das Schild von der Straße und auf der Gasse stellte Patrick sich der Limousine in den Weg. Er riß seine schwere Waffe hoch, der Fahrer bremste, verließ auf Kommando den Wagen und legte sich flach auf den Bauch. Mt erhobenen Händen stieg jetzt auch der Diamantenhändler aus. Henri vermummte sich, lief herbei und packte den Händler am Arm, an dem mit einer Kette ein kleiner Koffer befestigt war. Henri nahm seinen Bolzenschneider und trennte den Koffer ab. Dann sprang er, verblüfft vom eigenen Tempo, hinter Patrick in ihr Fahrzeug, indes Bruno schon losfuhr.

Bruno steuerte flink und energisch. Er war in Antwerpen geboren und kannte sich gut aus. Er war auch derjenige im Trio, der die Fakten für den Coup ausgekundschaftet hatte. Talentiert für die Planung, war Bruno zugleich der ideale Fahrer. Henri und Patrick entfernten die Masken. Der Verkehr in der City war dichter, als die drei erwartet hatten. Da die nächste Kreuzungsampel in schneller Folge umsprang, mußte Bruno ständig halten. Den strohblonden Belgier kannte Henri schon von mehreren Operationen. Bruno fiel mit zwei Metern Größe allerorten auf. War das der Grund, warum er schon zehn von seinen knapp fünfzig Lebensjahren im Knast hatte verbringen müssen?

Henri war dreißig und hatte noch nie vor Gericht gestanden. Aber heute nachmittag fühlte er sich flatterig. Dieser Koffer enthielt, wenn alles wie geplant lief, Diamanten für Millionen. Er deponierte ihn neben sich auf der Sitzbank. Es war vereinbart, ihn in Brunos Appartement zu öffnen. Keiner der drei hatte je zuvor auf diesem Niveau gearbeitet.

Über Patrick, der auf der anderen Seite der Fahrzeugrückbank saß, wußte Henri kaum mehr zu sagen, als daß er aus Hamburg kam. Mit diesem verkrachten Seemann zu arbeiten, den Bruno und Henri nur aus durchzechten Nächten im Hafenviertel kannten, war im Grunde nicht professionell. Patricks massige Statur wirkte beachtlich. Henri fühlte sich aber seit seiner Zeit in der Fremdenlegion jedem Rivalen gewachsen.

Jetzt war er angespannt. Sicherer würden sie erst in Brunos Wohnung sein. Diese Ampel stand schon ewig auf Rot. Henri blickte sich um. Niemand schien ihnen zu folgen. Vor ihnen wartete nur noch ein Wagen auf das nächste Grün. Henri lauerte auf das Zeichen und beugte sich vor. Die Ampel sprang um. Bruno fuhr zugleich mit dem vorderen Wagen los. Im selben Moment bemerkte Henri das Aufblitzen der Innenbeleuchtung, das Türgeräusch und Zugluft. Doch als er sich umblickte, war es zu spät. Durch die offene Tür sah er, wie Patrick - den Koffer im Arm – im Menschengewühl auf dem Fußweg verschwand. Henri sprang mit einem Satz aus dem fahrenden Wagen und lief hinterher.

Zehn Meter vor sich sah er Patrick hasten. Der andere brach sich den Weg durch die Menge mit bulliger Kraft. Henri bewegte sich vielmehr tänzelnd, wich Zusammenstößen aus und holte dennoch entschlossen auf. In nur wenigen Sekunden würde er ihn packen. Plötzlich stoppte Patrick und drehte sich zu ihm um. Henri dachte, er habe gewonnen. Patrick lächelte. Der Schuß kam aus seiner Manteltasche. Die Kugel streifte Henri an der linken Schulter. Abrupt büßte er Tempo ein. Patrick nutzte die Chance, verschwand in einer Seitenstraße und war fort, bevor sein Verfolger dort ankam.

Henri stand im Strom der aufgeregten Passanten und verschnaufte beim Denken. Es schien ihm zwecklos, unverzüglich einzelne Hausflure abzusuchen. Auch war dies nicht der Moment, mit Bruno Kontakt aufzunehmen. Henri überlegte, was er an Patricks Stelle gegenwärtig täte. Der andere kannte die Stadt noch weniger als er selbst. Er schaute sich um. Antwerpen Central Station war ganz nah. Würde Patrick nicht versuchen, auf schnellstem Weg aus dem Land zu gelangen?

Henri lief in Richtung Hauptbahnhof. Dort angekommen, suchte er gleich den Fahrplan ab und entdeckte einen Zug nach Brüssel um sechzehn Minuten nach drei. Die Uhr zeigte schon siebzehn nach drei, und als er im Sprint auf dem Bahnsteig ankam, sah er den Zug nur noch abfahren.

Die Frau an der Auskunft schien angewidert, als sie das Blut an seiner Schulter durch die Jacke sickern sah. Henri schenkte dem keine Beachtung. Tatsächlich müßte Patrick zuerst in Brüssel, dann in Köln umsteigen und käme um zweiundzwanzig Uhr dreiundvierzig im Hamburger Hauptbahnhof an. Henri durchquerte die Halle und ging in eine Apotheke, wo er etwas Alkohol und Mullbinden erstand. Auf dem Herrenklo war er allein und konnte in Ruhe die Schulter verbinden. Die Streifschußwunde brannte heftig und blutete noch immer. Mit einem routinierten Verband brachte Henri die Blutung zum Stillstand. Dann säuberte er so gut wie möglich die kaum beschädigte Jacke.

Vor dem Bahnhof bestieg er ein Taxi und ließ sich zum Flughafen Deurne fahren. Einen Versuch war es wert, Patrick auf seiner mutmaßlichen Route nach Hamburg zu überholen und ihn dort zu empfangen. Eine halbe Stunde später stand Henri in einer Telefonzelle am Flugplatz und erläuterte Bruno den Plan.

Sein Flug ging um zwanzig Minuten vor sechs. Er stieg in Amsterdam um und war um neun in Hamburg. Im Taxi von Fuhlsbüttel zum Bahnhof erlaubte sich Henri, zum ersten Mal an diesem Tag die Augen zu schließen. Die Schulter brannte noch immer heftig. Seine Uhr zeigte erst zwanzig nach neun, ihm blieben noch mehr als zwei Stunden.

Im Bahnhof machte er sich sogleich mit den Örtlichkeiten vertraut. Das Gebäude hatte zwei Haupteingänge, einen im Westen vom Steintorwall her, den anderen östlich aus Richtung St. Georg. Der Zug aus Köln, in dem er Patrick glaubte, sollte auf Gleis zwölf ankommen. Patrick würde den westlichen Ausgang zur City wählen, vermutete Henri. Jetzt hatte er genügend Zeit zum Essen und zum Ausruhen.

Um zwanzig vor elf stand er am oberen Ende der Treppe zum Bahnsteig. Von hier hatte er Einblick in fast alle Gleise. Für die späte Stunde erschien ihm der Bahnhof überraschend voll. Nebenan ließen Teenies ihren Ghettobluster dröhnen, und Henri verstand erst in der Pause zwischen zwei Songs den Lautsprecher. Verkündet wurde die Ankunft des Zuges aus Köln auf Gleis zwei. Henri blickte hinüber und erkannte entsetzt, daß der Zug dort schon anhielt. Er rannte los.

Noch bevor er die Treppe zu Gleis zwei erreichte, tauchte auch schon Patrick auf. Der hatte ihn zuerst gesehen und hielt bereits die Pistole im Anschlag. Henri ging in Deckung. Doch plötzlich war da Bruno neben ihm und schoß. Patrick riß, in die Brust getroffen, beide Arme hoch. Henri sah, wie der Koffer durch die Luft wirbelte und zwischen die Passanten fiel, ringsum in der Halle Schrecken und Chaos. Henri versuchte, sich zwischen den Menschen einen Weg zum Koffer zu bahnen. Da sah er eine Frau, die mit ihrem Gepäckwagen zielstrebig zum Ausgang eilte. Jetzt stürmten zwei

Uniformierte herbei. Ein Polizist verwickelte Henri in eine Prügelei, und Bruno kämpfte mit dem zweiten Beamten.

Henri streckte seinen Gegner schon bald mit einem Fausthieb nieder. Aber nirgends konnte er Bruno und den zweiten Polizisten entdecken. Auch die Frau war verschwunden. Henri lief zur Ausgangstür. Er suchte mit den Augen den Bahnhofsplatz ab und entdeckte die Frau gleich wieder. Sie kam mit dem Koffer aus der Telefonzelle, stieg in ein Taxi und fuhr davon. Während er sich der Zelle näherte, spähte er der jungen Frau nach, die ihn beunruhigt ansah.

2

Das Gurgeln der Kaffeemaschine rief ihm den Auftrag in Erinnerung. Er mußte bis abends ein Konzept fertigstellen, und dafür brauchte Valentin Kaffee. Aber etwas hinderte ihn, aufzustehen und seine Tasse zu holen. Lieber mochte er noch verharren, doch er wußte, daß es nicht Mangel an Eifer war, der ihn zurückhielt.

Valentin hatte das Spiel mit seiner Wahrnehmung schon als Kind entdeckt. Mangels eines besseren Begriffs nannte er es den starren Blick. Dabei fixierte er einen Punkt und versuchte, gleichzeitig auch die gesamte Umgebung des Punktes zu erfassen. So nahm er die Dinge in seinem Gesichtsfeld in Proportionen und Farben auf. Seine Zeichnungen, hatte er bemerkt, gelangen mit dem starren Blick sehr gut. Aber er mußte dabei aus dem Gedächtnis verlieren, was er gerade zu Papier bringen wollte. Er mußte zum Beispiel vergessen, daß es eine Nase war, die er jetzt zeichnete. Jeder Gedanke daran, wie eine richtige Nase auszusehen habe, hinderte ihn, die wirkliche Nase vor seinen Augen in ihren besonderen Eigenarten zu erkennen und nur diesen Eindruck nachzubilden. Allein das Wort im Kopf zu haben, meinte Valentin, schränkte seine zeichnerischen Kräfte ein. Schließlich benutzte er Farbe nicht, um die wirklichen Dinge zu zeichnen, sondern er schuf lediglich Linien oder Flächen auf einer Unterlage. Auch hatte er bald gelernt, daß die Gegenstände in den Bildern wie von selbst entstanden, wenn er nur ihre Umgebung, also Umrisse zeichnete, die Dinge selber aber wegließ.

Er war jetzt Mitte vierzig. Mit seinen jungenhaften Zügen, vollem blondem Haar und einem Idealgewicht, um das er nicht zu kämpfen brauchte, wirkte er mitunter aber zehn Jahre jünger. Wenn seine Auftragslage unsicher war, erwog er bisweilen, die freiberufliche Tätigkeit wieder aufzugeben und eine Anstellung zu suchen. Zugleich war klar, daß ihm diese Möglichkeit auf dem Arbeitsmarkt bestenfalls noch einige Jahre blieb.

Valentin ließ diesen Gedanken sacht vergehen. Während er eine Weile so starrte, ohne die Aufmerksamkeit auf einen Punkt zu beschränken, kam es ihm manchmal vor, als würde die Beleuchtung wechseln. Alle Kontraste veränderten sich dann in einer Weise, wie sie seinem ganzen Blickfeld entsprach und nicht mehr einem einzelnen Ding. Freilich gelang es Valentin kaum, diesen Eindruck festzuhalten, sobald er darüber nachdachte oder auf andere Weise abgelenkt wurde. Aufgefallen war ihm hingegen, wie er sich bei dieser Art von Aufmerksamkeit entspannte. Und die Lockerung hatte für ihn durchaus damit zu tun, daß er keine einzelnen Dinge unterschied oder benannte und nicht darüber nachdachte. Alle seine Muskeln waren gelöster als gewohnt. Auch sein Gesicht machte keine Miene - geradezu entglitten müßten seine Züge jetzt auf Beobachter wirken.

Gleich würde er sabbern. Bei dem Einfall mußte er grinsen. Aber obwohl niemand außer ihm da war, gefiel ihm schon die Idee nicht, in dieser ungezwungenen Haltung beobachtet zu werden. Er schaute sich um. Sein Schreibtisch war voller Dinge, die ihn gemahnten, ziemlich vieles und möglichst rasch zu tun. Da lagen gleich neben der Visitenkarte von Dr. Ingo Schröter, über dessen Agentur sich Valentin Aufträge erhoffte, einige Rechnungen und auf weiteren Papieren die Unterlagen zu dem Konzept. Eigentlich, fand er, konnte ihn jedes Ding auf irgend welche Gedanken bringen. Arbeitete der Verstand nicht häufig mit solchen Assoziationen, mit solchen Verknüpfungen? Aus allem und jedem, was ihm vor Augen, zu Ohren oder in die Nase kam, ließen sich Ideen spinnen. War es nicht das Geräusch der Kaffeemaschine gewesen, das ihn an die Dringlichkeit seiner Arbeit erinnert hatte? In einer anderen Situation hätte ihn derselbe Ton an etwas anderes erinnert oder auch an gar nichts.

An den Furchen auf seiner Stirn merkte Valentin, daß er den Einfall bedenklich fand. Sie in Falten gelegt zu haben, erinnerte er sich freilich nicht. Er beschloß, die Falten wie die Gedanken vergehen zu lassen und versenkte sich noch eine Weile in die Umgebung.

Beim Betreten der Küche fiel sein Blick prompt auf den Abwasch. Kurzerhand drehte Valentin den Heißwasserhahn auf und spülte. Bald darauf saß er mit seiner größten Tasse Kaffee am Computer, und vier Stunden später war das Konzept fertig versandt. Ihm wurde unversehens klar, daß er seine Arbeit getan hatte, ohne weiter nachzudenken, wie sehr sie ihn eigentlich drängte. Den Rest des Abends gab er sich frei.

Nach zwei Bier und einem halben Gespräch mit Zeitgenossen an einer lauten Theke kehrte er zurück. Er war hungrig. Vom Bus bis nach Hause waren es nur Minuten. Valentin wählte einen von dichtem Blattwerk verdunkelten Fußweg, der zwischen zwei Wohnvierteln entlanglief. Der Weg hatte keine eigene Beleuchtung; nur aus den schmalen Gängen, die auf beiden Seiten zu Wohngrundstücken hin abzweigten, drang ab und zu ein schwacher Lichtschein. Valentin ging zügig. Meistens, dachte er, entsteht Angst nur aus der Beurteilung einer Situation. Nützlich ist sie eigentlich nicht.

Sich jetzt mit der Vorstellung zu plagen, daß jemand mit unfeinen Absichten in einer dunklen Ecke des Blättergewölbes lauerte, würde ihn nur verunsichern. „Spitzbuben", dachte er und mußte leise lachen. Dann, im Weitergehen, versuchte er eindringlich, eine unbestimmte Bedrohung im Rücken zu verspüren. Sofort kam Beklommenheit auf. Er beschleunigte die Schritte. Den Reiz aber sich umzublicken, bekämpfte er heftig. Statt dessen probierte er, mit dem Gedanken zu spielen. Welche Gestalt, fragte er sich, müßte eigentlich kommen, um ihn zu erschrecken? Wäre ein Monster wie King Kong denn für den Zweck geeignet? Würde da nicht dieser Bursche mit Maske und Messer entsetzlicher wirken? Oder aber Fredy Krüger, ein entstellter Untoter, welcher seine Opfer in einem gräßlichen Kostüm mit Hut, Pullover und scherenartigen Krallen in ihre Träume verfolgt?

Schier gehetzt erreichte Valentin den Gang zu seiner Straße. Sein Herz raste. Erst im Schein einer Laterne wurden seine Schritte etwas ruhiger, und er kam sich ziemlich idiotisch vor. Nach einigen Bemühungen, die Spannung zu verringern, blieb das Gefühl, sich völlig töricht selbst hereingelegt zu haben. Auf der Treppe zum Hauseingang hatte er seinen Atem wieder verlangsamt. Fast war er zufrieden, als er die Schlüssel ohne Zittern hervorholte.

„Ganz lässig bleiben", flüsterte es da von seinen Füßen her. Wie erwischt blickte Valentin an sich hinunter. Zwischen Sträuchern und Treppenpodest machte er vage Umrisse einer Gestalt in dunkler Kleidung aus. Sie richtete sich auf. Es war Maren.

Gab ihr die Laterne dieses blasse Aussehen? Er dachte, daß sie auch ohne die Beleuchtung einen recht abgekämpften Eindruck machte und fing gerade an, sich zu fragen, ob er es überhaupt wissen wollte. Wahrscheinlich suchte sie wieder einen Unterschlupf, und Valentin würde schon bald aufgeben zu fragen, wovor oder wofür sie ihn brauchte. Eine Weile würde Maren vielleicht wieder einmal Machenschaften ihrer Umgebung andeuten, deren Opfer zu werden sie nicht vermeiden konnte. Derweil würde Valentin es schaffen, hinter seinem Gefühl von Wohlwollen und Fürsorge seine Begierde für diese Frau, die um geschmeichelte zwanzig Jahre jünger war als er, so weit zu vernebeln, daß jede Idee von Durchfüttern verschwamm, sobald sie aufkam. Außerdem mochte er Maren.

Drei Tage, dachte Valentin, drei Tage bleibt sie wieder, verschwindet dann wohl heimlich, und ob gejagt oder gelangweilt, schien ihm fast dasselbe. „Komm herein", sagte er bloß.

Im Flur machte Valentin Licht und schaute sich zu Maren um. So erholungsbedürftig wie eben im Laternenschein sah sie nicht mehr aus. Tatsächlich benutzte sie nur für die Augen ein wenig dunkles Make-up. Den dezenten Vamp-Eindruck aber empfand er als erstaunlichen Kontrast zu einer eher scheuen Bescheidenheit, die er auch schon an ihr bemerkt hatte. Maren legte ihr schwarzes Seidenhalstuch sowie den Rucksack ab und strahlte ihn offen an. Einen Moment lang schien sie etwas sagen zu wollen, es dann aber mit fast nachsichtigem Lächeln wieder zu verwerfen. Stattdessen legte sie die Arme um Valentins Hals und küßte ihn. Nur kurz bedachte er, ob sie damit einer möglichen Kritik an ihrem letzten Verschwinden gleichsam einen vorteilhaften Rahmen vorgab. Prompt fand er die Überlegung gehässig, und alle Fragen, warum sie wo gewesen war, schienen ihm mit einem Mal belanglos dank ihrer Anwesenheit. Im Grunde fühlte er sich recht geborgen bei der Idee, ihr wohlwollend gegenüberzutreten und gar nichts zu fragen. Daß er zugleich eine unbeabsichtigte Kränkung durch mögliche Erläuterungen fürchten mußte, warum sie es mehr als einen Monat lang nicht geschafft hatte, ihn auch nur anzurufen, beunruhigte ihn kaum noch.

Es war schon nach vier, als Maren mit zwei Gläsern Wasser aus der Küche zurückkam. In den vergangenen Stunden hatte Valentin alles Grübeln vergessen. Sein blauer Bademantel war ihr zu groß, und er fand das reizend. Sie begriff und sagte nervös lächelnd:

„Wahrscheinlich ziehe ich mir oft zu große Sachen an."

Das leichte Flackern ihrer Augenlider deutete Valentin als Aufforderung nachzufragen, was sie damit meine. Sie wollte anscheinend etwas Bestimmtes erzählen, aber nicht ungebeten. Er suggerierte die Frage mit freundlich und erstaunt gehobenen Augenbrauen. Das schien zu funktionieren. „Ich stecke da in einer ganz abgefahrenen Geschichte", bemerkte sie, legte sich hin, schmiegte sich an ihn und schwieg. Ihre Stille irritierte ihn.

„Dann ist ja alles wie üblich", fing er an. „Nur habe ich den Eindruck, diese Geschichte möchtest du mir erzählen. Ich verspreche, aufmerksam zu lauschen, und jetzt lass' dich nicht noch lange bitten." Mit übertriebener Liebhaber-Gebärde zog er sie näher heran und flüsterte ihr ins Ohr: „Jetzt sag mir einfach alles, Süße ... na komm schon, sag es mir."

Ihr breites Lächeln belohnte sein Bemühen um jugendliche Unverschämtheit. Etwas, das er an ihr bewunderte, war die Gelassenheit, mit der sie Kritik aufnehmen konnte. Auch schien sie seine Zuneigung zu schätzen.

Eine unangezündete Zigarette zwischen den Lippen, setzte sie sich neben ihm auf. Sie suchte Feuer. Er suchte zu verbergen, wie hingerissen er von ihrer Erscheinung war. Vor sich sah er eine auffallend attraktive, zierliche Gestalt. Sie hatte lange braune Locken und pflegte einen, verstärkt durch Sehlinsen, leicht verhangen wirkenden Blick, mit dem sie oft und in vielen Variationen zu spielen schien. Sie nahm sich Feuer und stellte, ohne ihre Zigarette aus dem Mund zu nehmen, mit gesenkten Augen fest:

„Ich habe Mist gebaut."

Eine Pause. Fast bewunderte er, wie leicht sie Fragen in ihm auslösen konnte, konzentrierte sich aber darauf, durch keine Reaktion auf einen Fortgang ihrer Rede zu drängen. Entweder erzählte sie jetzt, oder sie ließ es bleiben. Er würde nur zuhören und nicht in die Rolle des Fragestellers kommen, auch wenn es den Rest der Nacht dauern oder er einschlafen sollte.

„Die Polizei hat gestern ein beispielloses Verbrechen gemeldet", ertönte eine Männerstimme. Maren kicherte. Er stellte den Radiowecker ab. Sie kauerte sich unter die Bettdecke.

„Es war auf dem Bahnhof, als ich aus Berlin kam. Da gab es eine Schieße-rei, und mit einem Mal lag da ein Koffer auf meinem Gepäckwagen. Ich habe ihn mitgenommen." Bei diesen Worten streckte sie sich auf dem Bett aus und deckte sich ab. Ihre Haut war doch blaß, bemühte er sich gerade zu denken, als sie weitersprach: „Ich dachte erst, keiner hätte gemerkt, wie ich mit dem Ding hinausging." Maren setzte sich kerzengerade hin. Valen-tin unterdrückte seine Fragen und schwieg beharrlich. Stattdessen holte er Wein aus der Küche und füllte beide Gläser. Hastig trank Maren ihres leer und schenkte sich nach. „Am besten gehe ich für eine Weile weg aus der Stadt."

Valentin war vor vier Jahren nach Hamburg gekommen, weil er als Unter-nehmensberater in der Großstadt am besten arbeiten konnte. Noch nie war er aus einer Stadt wirklich weggegangen, jedes Mal war er nur in eine andere gezogen. Aus einer Stadt wegzugehen, brauchte es gute Gründe. Maren machte den Eindruck, genau diese zu haben. Indes wirkte sie zugleich wie jemand, die spielt, solche Gründe zu haben. Valentin wandte ihr den Kopf zu und betrachtete sie von der Seite.

„Was ist denn?", fragte Maren und nahm sich eine Zigarette. „Ich muß auf jeden Fall verschwinden."

„Du meinst, weil du diesen Koffer hast?"

„Schau ihn dir selbst an."

„Wo denn?"

„Ich habe ihn draußen versteckt." Während sie ihm die Stelle beschrieb, zog er sich an. Es war noch nicht hell. Trotzdem machte er im Treppenhaus kein Licht und spähte in den Hof, bevor er die Treppe hinunter in den Garten huschte. Maren hatte den Koffer zwischen einer Gruppe dicht stehender Buchsbäume verborgen. Kniend tastete er das Erdreich mit den Händen ab und stieß an etwas Ledernes. Während er sich mühte, das Behältnis unter dem Busch hervorzuzerren, blickte er nach allen Seiten. Es blieb ruhig. Bei geringer Größe hatte der Behälter eine recht kompakte Masse. Dicht an die Büsche gekauert, betrachtete Valentin das Köfferchen. Einer der beiden Verschlüsse war verbogen, die Klappe aber verschlossen. Als Valentin schüttelte, hörte er es rascheln. Mit einer Ahnung lief er die Treppen wieder hoch und betrat die Wohnung.

Maren berichtete weiter, was am Bahnhof geschehen war. Valentin brannte darauf, den Koffer zu öffnen. Bei Marens Anruf war niemand an den Apparat gegangen. Valentin brach das beschädigte Schloß mit einem Schraubenzieher auf und zerrte an der Öffnung. Maren hatte im Wegfahren noch gesehen, wie der Fremde die Telefonzelle betrat. Jetzt horchte Valentin auf. „Wen wolltest du anrufen?" Sie zögerte nur kurz, aber er hatte es bereits erraten. „Dich", sagte sie, und krachend sprang das zweite Schloß des Koffers auf. Funkelnder Glanz zog die beiden in Bann.

3

Maren erforschte erstaunt den Widerschein in Valentins Augen. Die Reflexe in seinen Pupillen bewegten sich nicht und taten die reglose Faszination kund, mit der er in den Behälter starrte. Der Koffer war mit Stoffbeuteln vollgepackt. An einigen der Beutel war die Verschnürung gelöst, und im Koffer lagen etliche Steine verstreut zwischen weiteren, noch verschnürten, faustgroßen Beuteln. Unter Smaragden und Brillanten fingerte Maren einen Herzschliff heraus. Der Stein wog gut und gern ein Gramm.

„Na prima." Allem Anschein nach drang Valentins Stimme aus der größtmöglichen Tiefe seines Brustkorbs. Er schien sich aus der Betrachtung geradezu herauszureißen, verließ das Zimmer, und sie hörte ihn nebenan rumoren. Als er zurückkam, trug er eine Paketwaage unter dem Arm und stellte sie vors Bett. Auffallend behutsam entnahm er dem Koffer ein Säckchen nach dem anderen und schichtete sie auf die Waage, zuerst die verschnürten. Anschließend schaute er in jeden der offenen Beutel hinein und versuchte, die herausgefallenen Steine richtig zuzuordnen. Als er mit Sortieren fertig war, legte er die letzten Beutel auf die Waage. Der Zeiger verharrte bei sechshundert Gramm. „Hast du Ahnung von Juwelen?", fragte er. Er zumindest hatte anscheinend wenig davon.

„Es sind Diamanten, ich habe vor allem weiße gesehen", sagte sie. „Viel kann ich nicht sagen, aber Juwelen werden die Dinger erst nach einer Verarbeitung zu Schmuckstücken genannt."

„Was weißt du noch darüber?", fragte er.

„Wie gesagt, nicht viel." Sie öffnete einen Beutel und nahm ein paar eher rechteckig geformte Steine zur Hand. „Ich kenne die Bezeichnungen einiger dieser Schliffe. Dies hier sind, glaube ich, Smaragde." Sie holte mehrere Steine aus einem anderen Beutel hervor. „Die hier nennt man Brillanten. Das hier aber ... " - sie nahm einen Stein — „ ... das ist ein Ovalschliff, den hast du wohl beim Ordnen verwechselt." Valentin war beeindruckt. „Und wie viel sind diese Steine wert?", fragte er, offenbar voller Vertrauen in ihren Sachverstand.

„Es hängt vor allem davon ab, wie rein sie sind. Auch die Farbe ist bisweilen nicht ganz unwichtig" Sie hielt einen Stein gegen das Licht. „Ich habe früher manchmal meinem Onkel zugesehen. Selbst habe ich das nie gemacht, aber er sagte, ein Stein ist um so wertvoller, je transparenter er ist und je weniger Einschlüsse er hat. Bei diesem Diamanten kann ich keine Fehler erkennen, aber man benötigt eine wirklich gute Lupe, um die feinen Einschlüsse sehen zu können.“

Valentin nahm einen Beutel zur Hand, öffnete die Verschnürung und griff hinein. Zusammen mit einigen Brillanten förderte er ein geknicktes Blatt Papier zutage. Gewissenhaft verstaute er zuerst die Steine wieder im Beutel und entfaltete dann das Papier.

„Also, hier steht, sie sind lupenrein. Sagt dir das etwas?“ Maren griff nach dem Papier. Unter einem aus den Buchstaben H, R und D geformten Emblem bescheinigten zwei letztes Jahr in Antwerpen datierte Unterschriften eine Expertise in englischer Sprache.

„Ich weiß wirklich nicht, wie viel dieses Zeug wert sein kann,“ sagte sie. „Aber siebenstellig ist die Zahl auf jeden Fall.“

Tatsächlich stand Valentins Mund jetzt offen. Dennoch verrieten die Falten um seine Augen tiefe Besorgnis. „Maren.“ Er sah sie eindringlich an. „Erinnerst du dich, wie du mit dem Taxi vom Bahnhof weggefahren bist?“ Sie nickte. „Hast du gesehen, was der Typ da getan hat?“ Maren überlegte. „Er hat auffällig zu mir hergeschaut. Dabei ist er in die Telefonzelle gegangen.“ Sie senkte die Augenbrauen und blickte in unbestimmte Ferne. „Er hat den Hörer abgenommen. Dann fuhr das Taxi um die Ecke, und ich konnte ihn nicht mehr sehen. Aber er hat mich doch auch gesehen!“

„Sack und Asche!“, fluchte Valentin.

„Naja, ich war schließlich ziemlich weit weg,“ versuchte Maren zu beruhigen.

„Daß er dich gesehen hat, ist nur das eine Problem,“ sagte Valentin. „Schlimmer ist, daß er jetzt wahrscheinlich auch meine Telefonnummer kennt.“

„Wie das?“, fragte Maren, aber sie verstand im selben Augenblick: „Die Wahlwiederholung! Er brauchte ja nur auf den Knopf zu drücken.“ Bestürzt blickte sie auf die herumliegenden Diamanten. „Aber damit weiß er doch noch nicht ...“

„Es gibt CDs“, sprach Valentin gestikulierend dazwischen, „mit denen kannst du bundesweit aufgrund der Nummer jeden finden, der im Telefonbuch steht. Vor ein paar Jahren waren sie sogar im Handel. Jetzt gibt es sie zwar nicht mehr offiziell, aber viele Leute haben noch alte Exemplare.“ Er hielt inne und sagte: „Du hast Recht.“

„Was meinst du?"

„Wir müssen hier weg", stellte er fest. Bei diesen Worten erhob er sich bereits, öffnete den Schrank und begann, Kleidungsstücke herauszunehmen, die er sogleich in eine Reisetasche staute. Dann lief er ins Wohnzimmer und kam mit zwei Lederetuis zurück, die er ebenfalls in die Tasche packte. Als sein Blick auf Maren fiel, hielt er inne, kam auf sie zu und umarmte sie.

„Wo sollen wir hin?", fragte sie.

„Göttingen", antwortete er. „Ich habe da zwei Zimmer in einer Gemeinschaftswohnung."

„Eine WG?"

„WG kann ich nicht sagen. Ich habe mich mit Manuel zusammengetan." Er sprach den Namen mit kurzem A und einer Nebenbetonung auf der letzten Silbe aus. „Wir sind beide nur gelegentlich in Göttingen. Manuel arbeitet auf Montage. Er ist viel unterwegs, und ich bin oft am Wochenende da. Mein Sohn wohnt in Göttingen bei der Mutter, und wir nutzen die Wohnung, wenn ich ihn besuchen fahre."

Maren hatte nicht gewußt, daß Valentin Vater war. Der Gedanke erschien ihr aber nicht fremd. „Wie ist sein Name?"

„Er heißt David. Schon acht Jahre alt." Bei den letzten Worten mimte er einen Eifer, den er David abgeschaut zu haben schien. Er lachte. Der Kleine mußte in seinem Leben eine größere Rolle spielen, als der Umstand vermuten ließ, daß er bisher nicht mit ihr über ihn gesprochen hatte. Sie schaute Valentin genauer an. Den gelegentlichen Stolz auf sein recht jugendliches Aussehen mußte er heute morgen klein halten. Nach der praktisch durchwachten Nacht verrieten seine Züge nicht nur die Besorgnis, sondern auch seine Jahre. In der Nacht war er bei ihrer Erzählung sogar eine Weile eingeschlafen und erst mit dem Wecker wieder aufgewacht. Maren bedauerte, ihn durch das Telefonat derart in die Geschichte hineingezogen zu haben.

Valentin hatte das Packen wieder aufgenommen. Maren hatte außer dem Koffer nur einen kleinen, allerdings prall gefüllten Rucksack mitgebracht und brauchte nichts weiter. Die Diamantenbeutel verfrachtete Valentin in einen blauen Müllsack. Dabei schaute er sie fragend an, und als sie nickte, lud er den Sack und auch den leeren Koffer in seine Reisetasche. „Wieso bist du sicher", fragte Maren, „daß er uns in Göttingen nicht findet?"

„Ich bin zwar offiziell mit einem Wohnsitz gemeldet, aber es gibt kein Telefon", erklärte Valentin.

„Und was tun wir da?"

„Wir tauchen unter, heißt das wohl. Wir überlegen, was wir tun. Ich weiß auch noch nicht genau." Trotz der offenbaren Lücken seines Plans kannte Maren keinen besseren. Zudem war sie dankbar für Valentins Hilfeangebot, das er allerdings, wie sie wußte, im Grunde gar nicht unterlassen konnte.

„Wir fahren sofort", beschloß er. Maren war bewußt, daß es unter Umständen um Minuten ging. Dennoch wollte sie auf keinen Fall wieder verschwinden, ohne ihrer Mutter, bei der sie wohnte, Bescheid gesagt zu haben.

„Kannst du mich bei mir vorbeibringen?"

„Kommst du denn nicht mit?" Es klang, als würde er ernsthaft für möglich halten, daß sie ihn allein fahren ließe.

„Ich will nur meiner Mutter Bescheid sagen. Sie hat mich seit Wochen nicht gesehen, und sie soll wissen, wie es mir geht."

„Könntest du sie nicht auch an..." Er hielt mitten im Wort inne. Den Gedanken ans Telefon stufte er wohl als heikel ein und ließ ihn fallen. Allerdings erinnerte er ihn offenbar an etwas anderes. Er kramte in der Nachttischschublade und förderte ein Mobiltelefon zutage. „O.K.", sagte er, „wie du möchtest."

Erst im Auto setzten sie das Gespräch fort. Nach Marens Besuch zu Hause wollten sie sich zum Frühstück treffen und dann aufbrechen. Er fuhr einen Kombi mit Platz für familiäre Bedürfnisse. Auf Reisen, dachte Maren mit Blick auf die Gepäckladefläche, eignete er sich auch zum Übernachten.

„Ich brauche eine Stunde", sagte sie. Eine Stunde war knapp genug. Mama würde gewiß froh sein, sie bei sich zu haben, besser als am Telefon. Seit ihrer Abfahrt nach Berlin hatten sie einander nicht gesehen, und das war jetzt mehr als drei Wochen her. Zugleich freute sich Maren auf ein paar Tage in Göttingen. Die Stadt kannte sie nur vom Hörensagen. Früher kamen da Großkopfete her. Bunt fielen ihr Gebrüder Grimm, Max Planck und Werner Heisenberg ein. Jemand hatte ihr einmal erzählt, daß die Stadt bei der Benennung ihrer Straßen im wesentlichen mit Namen von Personen auskam, die tatsächlich dort gewohnt hatten. Eine Großstadt war das bestimmt nicht.

Valentin fuhr zügig und blickte oft in den Rückspiegel. Vielleicht war er auch nur ein umsichtiger Fahrer. Als Maren sich umschaute, sah sie fünfzig Meter entfernt ein Taxi halten. Jemand stieg aus. Dann fädelte sich der Wagen wieder in ihrer Richtung in den Verkehr ein. Einige Minuten danach hielten die beiden vor ihrem Haus an. Valentin stellte den Motor ab und beugte sich herüber. Sie küßte ihn und sagte: „Dann bis um zehn im Trapps." Sein Blick kam ihr angespannt vor. Er schien sehr beunruhigt, ohne seine Bedenken erneut in Worte fassen zu wollen, und antwortete nur: „Beeil' dich."

Als Valentins Passat abfuhr, verschloß sie das Gartentor. Skeptisch beäugte sie, wie bedenklich die Forsythien den engen Weg zum Haus schon überwuchert hatten. Ein Wagen fuhr durch die Straße und blieb kurz darauf stehen. Vor der Haustür kramte sie ihre Schlüssel aus dem Rucksack und schloß auf. „Mama?", rief sie in den Flur hinein. Es war still im Haus. Maren schloß die Tür und ging in beiden Stockwerken nachschauen. Außer ihr war niemand da. Der Vollständigkeit halber kontrollierte sie auch noch den Dachboden. Sie öffnete die Bodentür. Der Raum war leer. Draußen vernahm sie das Geräusch der Gartenpforte. Sie lehnte sich aus dem Dachfenster und blickte nach unten. Sicherlich war Mama einkaufen gegangen.

4

Ein Taxi bog in die Straße ein. Diese gelb leuchtenden Dachschilder hatten in Valentin schon oft das Gefühl einer technischen Regie erweckt, die festliche Atmosphäre inszeniert. Ähnlich heimelig und befremdlich zugleich empfand er manchmal auch nächtlich erleuchtete Autobahnen. Er bog jetzt aus Marens Gasse in die Vorfahrtstraße ein, unschlüssig, wohin er eigentlich wollte. Vor ihm erstreckte sich eine Stunde in ihrer ganzen Ausdehnung. Überzeugt, daß Gemütszustände sich auf Gesichtern abzeichnen, phantasierte Valentin, daß andere Leute auf der Straße ihm die versteckte Beute ansehen konnten, obgleich er sie in Blau, der Farbe des Unsichtbaren, verborgen hatte. „Sind denn Millionen immer so schwer?", fragte er sich, gewollt bildhaft. Zwar waren angespannte Mienen im Straßenbild nicht ungewöhnlich, gleichwohl wünschte Valentin sich mehr Unbeschwertheit. Bewußt lockerte er seine Gesichtsmuskeln, indem er sie zunächst anspannte und dann löste. Das schien zu helfen.

Da sein Mobiltelefon nicht geladen war, hielt er an einer Zelle. Er wollte vier Tage für seine Reise freimachen, ohne freilich sagen zu können, wieso er gerade diese Eingrenzung festlegte. Auf jeden Fall mußte er Ingo erreichen, der ihm zum Ende der Woche einen Auftrag für einen Kunden seiner Agentur angesagt hatte. Valentin hatte Ingos Visitenkarte wegen der Telefonnummer mitgenommen, aber der war nicht im Büro. Valentin hinterließ keine Nachricht. Er hatte sich angewöhnt, Termin-Verhinderungen möglichst nicht von Dritten überbringen zu lassen. Herr Dr. Schröter sei höchstwahrscheinlich heute nachmittag erreichbar, sagte ihm der junge Mann am Empfang. Zu fragen wie hoch genau, unterließ Valentin. Ihm war selbst nicht nach Witzeln zumute. Dummerweise traf er auch den Kunden nicht an, dem er gestern abend das Konzept gemailt hatte.

Als er den Wagen startete, passierte ein hochgewachsener Mann die Lücke vor seinem Auto. Valentin ließ ihn durch und ordnete sich dann ein. Die Sonne schien. Er hatte beschlossen, sein Frühstück im Trapps schon jetzt zu bestellen. Die Ampel an der Einbiegung zur Elbchaussée zeigte Grün, doch als Valentin kurz davor war, betrat ein kleines Mädchen den Überweg, und er mußte so stark bremsen, daß der nachfolgende Wagen, ein grauer Mercedes, beinahe aufgefahren wäre. Der Fahrer, ein strohblonder Mann, schimpfte aber nicht, als Valentin in den Rückspiegel schaute. Auf der Elbchaussée herrschte nur geringer Verkehr, und Valentin bekam allmählich gute Laune. So schlecht waren Maren und er nun wirklich nicht dran mit der auserlesenen Bürde, die ein launisches Schicksal ihnen da zugetragen hatte. Polizei? Valentin hatte keine große Mühe, sich nicht persönlich belastet zu fühlen. Sie beide hatten schließlich niemanden überfallen oder gar getötet. Unsicher war er nur wegen des Kerls am Bahnhof. Tatsächlich war es klüger, sich zunächst nicht in der Nähe der Wohnung blicken zu lassen. Aber waren sie denn in Göttingen sicher? Freilich mußte jemand schon Vermutungen und Untersuchungen in mehreren Stufen anstellen, um ihnen bis dort zu folgen. Jemand mußte nicht nur Valentin identifizieren, wenn er vermutete, daß Maren den Koffer bei ihm gelassen hatte. Schwieriger noch wäre es, die Sache mit der Zweitwohnung herauszubekommen und sie dann in der anderen Stadt aufzuspüren.

Ob dieses Drehbuch nun aber einleuchtend oder unwahrscheinlich war, konnte Valentin nicht entscheiden. Einem Impuls folgend, gestattete er sich eine Verrücktheit. Er stellte sich einen Verfolger vor und wechselte auf die Überholspur. Als in der Gegenrichtung eine Verkehrslücke entstand, bremste er und bog über die durchgezogene Mittellinie hinweg vor dem erneut heranströmenden Verkehr nach links ab. Niemand folgte ihm. In Ottensen kannte er sich gut aus. Einige Straßenbiegungen später war er an der Ecke Borsel- und Planckstraße angekommen und parkte das Auto kurz vor dem Trapps.

Um zehn war er bei seinem dritten Kaffee angelangt. Maren würde sich verspäten. Valentin war daran so gewöhnt, daß er erst um zwanzig vor elf anfing, sich auszumalen, wo sie bleiben konnte. Er ging zur Theke und bat um das Telefon. Aber bei Maren zu Hause hob niemand ab.

Valentin machte sich Vorwürfe, ihr nicht gesagt zu haben, wohin sie in Göttingen fuhren, weil er das Versteck zunächst für sich behalten wollte. Er kannte Marens Mutter und fürchtete, sie könne es gutgläubig weitererzählen. Alle Viertelstunden probierte er jetzt, Maren anzurufen. Seine Nervosität und Sorge wuchsen mit jedem mißglückten Versuch. Er tigerte beim Warten vor dem Lokal auf und ab. Dann empfand er sich dabei wie auf dem Präsentierteller für Verfolger, bestieg das Auto und fuhr weg.

Erst unterwegs fiel ihm ein, welche Nachricht er Maren hinterlassen konnte. Er hielt sofort an, zog Stift und Notizzettel aus dem Handschuhfach und schrieb in standardisierten Großbuchstaben: FRAG IN DER KNEIPE NACH ANTI

Er würde die Nachricht bei ihr zu Hause hinterlegen. Er wußte, daß Maren sie auf Göttingen beziehen würde. Anti – eigentlich Anton - war in den Kneipen, in denen Maren fragen würde, ein stadtbekannter Begriff und relativ leicht auffindbar. Valentin kannte ihn seit bald zehn Jahren und würde so auch Maren finden, wenn sie sich meldete. Andererseits war Anti so abgebrüht, nicht versehentlich gegenüber den Falschen zu plaudern. Valentin würde ihn informieren, aber Wesentliches und auch Details weglassen müssen. Was sollte das denn nun heißen? Aber sie konnten doch keine weiteren Mitwisser gebrauchen, auch nicht Anti. Also würde Valentin die Geschichte wenigstens teilweise neu erfinden müssen.

Mittlerweile beobachtete er das Geschehen um sich herum genau. Ein Auto, das ihm gefolgt wäre, hätte er bemerkt. Er parkte in einer Fahrbahnbucht vor der Einbiegung zu der Gasse, in der Maren wohnte. Dann ging er zu Fuß weiter. Das Gebäude lag an der Kopfseite des Wendeplatzes dem verschlafenen, fast ländlichen Sträßchen zugewandt und hatte etwas Hexenhausartiges an sich. Nie zuvor hatte Valentin so viele und unübersichtliche Winkel, Erker, Anbauten und Gauben an einem so winzigen Häuschen gesehen. Klein und dennoch schwer überschaubar wie das mehrfach umgebaute Haus war auch der Garten.

Als er ankam, stand das Gartentor offen, die Haustür war nur angelehnt. Valentin schaute sich um. Er horchte durch die angelehnte Tür. Er lauschte in den Garten. Er versuchte, die eng stehenden Büsche und Hecken mit den Augen zu durchdringen, um zu sehen, ob eine auffallende Farbe oder Bewegung zwischen den Pflanzen ihm die Anwesenheit eines Beobachters zeigte. Er spürte in seinem Inneren nach, ob ihm eine Gefahr drohte. Nichts. Auf sein Klingeln und sein Rufen passierte auch nichts.

Dann betrat er das Haus mit dem Heldenmut eines Jungen, der erstmals allein in den Keller geht, und schloß leise die Tür. Wie bei seinem ersten Besuch mußte er sich an der Biegung, die der Eingangsflur nach zwei Metern machte, neu orientieren. Es mußte ein verzweifelter oder ein besonders fantasievoller Architekt gewesen sein, der eine zweite Treppenstiege in das Gebäude eingebaut hatte. Beide führten vom Flur bis unters Dach und verliefen getrennt. Selbst das Erdgeschoß hatte zwei Zugänge. Beide waren verschlossen. Valentin wählte die breitere Treppe nach oben. Im Obergeschoß wohnte Maren. Ihr Zimmer war nicht verschlossen. Erneut war er von der Fülle der Bücher an ihren Wänden beeindruckt. Nichts in dem Raum deutete unmittelbar auf ihre Anwesenheit hin. Auch die Nachbarräume offenbarten ihm nichts Ungewöhnliches. Einer Eingebung folgend, stieg er zum Dach hoch.

Der Dachboden bestand aus einen Raum mit unterschiedlichen Giebelhöhen und hatte einen offenen Zugang zum sogenannten Turmzimmer. Dieser isolierte Raum mit Fenstern nach drei Seiten ragte heraus aus der Konstruktion. Hier mündete der schmalere Treppenaufgang in einer Bodenluke. Das Turmzimmer stand völlig leer. Der große Raum hingegen war mit Möbeln, verdeckten Körben und Kisten ziemlich vollgestopft. Es gab nur ein Fenster. Wenn Valentin sich hinauslehnte, konnte er einen Teil des Gartens und das Gartentor sowie den Wendeplatz und die Gasse sehen. Den Rest des Gartens und den Weg zum Haus verbarg eine Gaube. Valentin schloß das Fenster. Sein Blick fiel auf eine Holzscharte am oberen Fensterrahmen. In der Scharte hatte sich ein Stück schwarzer Seide eingekeilt. Valentin spürte das Blut zugleich in seine Beine sacken und in sein Gesicht schießen. Er stieg auf das Fensterbrett und fingerte den Stoffrest aus dem Holz. In der Hand hielt er einen Fetzen von Marens Halstuch.

Valentin starrte auf den Stoff. Es bedurfte schon eines erheblichen Rucks, um diesen Fetzen aus dem Schal zu reißen. Valentin war kein Riß an Marens Schal in Erinnerung. Sicher war der Schaden neu, mit einem solchen Riß hätte sie das Stück nicht getragen. Aber was hatte Maren auf der Fensterbank gemacht? Vergeblich wehrte Valentin eine entsetzliche Vorstellung ab, die sich in seinem Kopf zusammenbraute. Hatte der Mann vom Bahnhof Maren bis hierher verfolgt, und war sie auf der Flucht vor ihm aus dem Fenster geklettert? War sie von hier in den Garten gesprungen? Wieder beugte er sich aus dem Fenster, schaute in die Tiefe und erblickte direkt unter dem Fenster niedergedrücktes Buschwerk.

Valentin flog die Stiege hinunter. Auf den Stufen zum Erdgeschoß machte er noch einmal kehrt und hinterlegte doch für alle guten Fälle den Zettel auf Marens Schreibtisch. War das richtig? Gern hätte er sich auf sein Gefühl verlassen, wäre da nur eine deutliche Eingebung gewesen. Alles in ihm forderte Flucht, und zwar nach einem geänderten Plan.

Über die Autobahnauffahrt Othmarschen fuhr er in den Elbtunnel. Telefonisch hatte er es geschafft, sich in einem zentral gelegenen Göttinger Hotel anzumelden. Kurzerhand hatte er sich als Dr. Schröter avisiert. Wenn er, so angekündigt, bei der Anmeldung die Karte vorzeigte, funktionierte das bestimmt wie ein Ausweis. Niemand würde dann die Papiere eines Herrn im Anzug, so sein Plan, sehen wollen. Ingo, so hoffte er, würde es ihm nicht übelnehmen.

5

Henri steckte seine Chipkarte in den Telefonschlitz. Wie ihm das Display verriet, konnte er damit noch für 16,80 DM telefonieren. Er drückte auf die Taste mit dem Symbol zweier überlagerter Kreise, und das Display zeigte ihm die Nummer 880 92 91. Er lernte sie auswendig.

Jetzt hatte er wieder einen Anhaltspunkt. Er mußte herausfinden, wem dieser Anschluß gehörte, den die Frau gewählt hatte, bevor sie mit der Beute verschwand. Egal wie, über den Inhaber würde Henri schon herausbekommen, wer die Unbekannte war, und er würde sich die Diamanten zurückholen. Mit Bruno durch zwei geteilt, spränge für jeden bestimmt eine Million heraus. Das war genug, um für Jahre gut zu leben oder sich gar zur Ruhe zu setzen, wenn er besonnen blieb und sein Geld anlegte.

Er hatte keine Ahnung von Aktien und mußte grinsen, als er überlegte, daß er sich eine professionelle Beratung leisten würde. Bald würde er eine verschwiegene und sorgenfreie Existenz haben. Als Jugendlicher hatte Henri in den späten achtziger Jahren keinen rechten Einstieg in das normale Leben gefunden und erkannt, daß er mit Einbrüchen und Überfällen mehr als nur überleben konnte.

Später war er – ursprünglich aus Jagd- und Abenteuerlust - sechs Jahre zur Fremdenlegion gegangen und hatte hinzugelernt. Viel Zeit hatte er bei Präsenzen oder Einsätzen in Afrika verbracht. Bei seinem Weggang aus der Legion hatte er geglaubt, mit einem Startkapital in Frankfurt Fuß zu fassen. Er hielt sich eine Weile mit Bewachungen über Wasser, aber mit der Zeit erschien ihm die andere Seite wieder verlockender, und er knüpfte alte sowie neue Kontakte.

Henri sprach drei Sprachen und war gewohnt, sich ohne Aufsehen in unterschiedlichen Kulturen zu bewegen. Bruno hatte er bei einem Einbruch in Antwerpen kennengelernt. Auch diesen neuen Kontakt hatte Bruno hergestellt. An dem Belgier gefiel Henri die Sorgfalt in der Methode und die Umsicht, die er an den Tag legte, wenn es zur Sache ging. Auf Bruno war Verlaß. Beim Austüfteln des Planes hatten sie dann bemerkt, daß sie für den Überfall auf den Diamantenhändler einen dritten Mann brauchten. So war Patrick ins Spiel gekommen.

Wo aber steckte Bruno? Und wie konnte Henri die sieben Ziffern mit Namen und Adresse versehen? Seine Schwester hatte ihm einmal eine

Compact Disc gezeigt, mit der sie seinen Namen und Wohnort nur durch Eingabe seiner Telefonnummer auf den Bildschirm zauberte. Er verstand nicht viel von Computern und hatte damals keine Verwendung für den Trick gehabt. Jetzt brauchte er genau diese Information. Inga arbeitete in einer Spedition bis tief in die Nacht, und er versuchte sofort, sie zu erreichen. Doch sie war unterwegs. Dann wählte er ihre Privatnummer, aber niemand hob ab.

Henri sagte sich, daß er einen neuen Verband anlegen und ausruhen mußte. Auf der St. Georgstraße fand er ein Hotel. Das Puffartige an seiner Bleibe war ihm nur recht, von hier konnte er unauffällig agieren. Sein Zimmer zeigte auf einen Parkplatz, der mit Wagen aller Klassen und Fahrzeugzustände besetzt war. Zwischen den Autos flanierten auffällig gekleidete Mädchen, Prostituierte, korrigierte sich Henri, der vorzog, auf Distanz zu bleiben. Es war nach zwei, er war geschwächt und durfte keinesfalls mehr hinausgehen. Auf der anderen Seite des Parkplatzes traten einige Herren in Businesskleidung aus einer Villa im Jahrhundertwendestil, verabschiedeten sich so förmlich wie eilig voneinander und strebten ihren Karossen zu. Gleich wurde einer von einer Frau angesprochen.

Henri schaffte es, sich an der Rezeption einen Wecker zu besorgen, stellte ihn auf acht und legte sich angezogen mit Schuhen rücklings aufs Bett. Obwohl das fahle Licht ihm senkrecht aufs Gesicht schien, ließ er es brennen und war binnen Sekunden eingeschlafen.

Aus dem Schlaf gerissen zu werden, war er gewohnt, sei es durch ein Geräusch oder einen Krach, durch einen bestimmten Luftzug, einen Hieb oder einen Lichtblitz. Überdies hatte sein Geist in den Jahren die lebenswichtige Intuition verfeinert, mit der er im Schlaf zwischen bedrohlichen und harmlosen Eindrücken unterschied. Auch hatte er in der Legion lernen müssen, nach dem Erwachen in Nullzeit auf vollen Touren zu sein. Dennoch war dieser Wecker nervenzerfetzend.

Brunos Mobiltelefon war noch immer ausgeschaltet. Wo er sich befand, hatte Henri ihm schon über die Mailbox mitgeteilt. Inga erreichte er nach dem fünfzehnten Klingeln. Sie würde keine lästigen Fragen stellen. „Einack?" Jedesmal, wenn seine Schwester den Namen aussprach, mußte Henri daran denken, wie ihn jemand auf dem Schulhof „Einsack" genannt hatte. Als Henri mit ihm fertig war, sagte er es nie wieder, und auch kein anderer. Aber das Wort hallte noch in ihm nach.

„Henri. Ich bin in Hamburg."

„Schön für dich."

„Deswegen rufe ich aber nicht an."

„Klar."

„Inga, ich brauche einen Namen mit Adresse. Ein Bekannter hat mir nur seine Nummer gegeben, und ich will ihn treffen." Ihm gefiel die mehrfache Bedeutung des Wortes. „Und da habe ich mich an deine CD erinnert."

„Klar. Ich hab' auch schon drei Stunden geschlafen. Da werfe ich immer meinen Rechner an."

„Es ist dringend."

Die Prozedur dauerte einige Minuten. Dann hielt Henri einen Zettel in der Hand, auf dem stand:

VALENTIN ALTROGE

OTHMARSCHER KIRCHENWEG 132

22763 HAMBURG

Er dankte und Inga verabschiedete sich mit dem Tip, es gebe Computer schon für knapp über tausend Mark.

Henri lernte auch die neuen Informationen auswendig und verbrannnte den Zettel im Aschenbecher. Bei dem Gedanken, daß er sich dieses Verhalten nicht in der Legion angeeignet, sondern in einem Spielfilm zu dem Thema gesehen hatte, verzog er den Mund. Als es klopfte, hielt er schon wieder den Telefonhörer in der rechten Hand, zog die Waffe mit der linken, ließ sie jedoch beim Klang von Brunos Stimme sinken. Er entriegelte die Tür und ließ den blonden Riesen herein.

„Du kommst im richtigen Moment", sagte er.

„Wieso? Hast du die Steinchen wieder?" Bruno gab eine Parodie auf flämischen Akzent. Seine Tragetasche legte er aufs Bett.

„Ich glaube, ich weiß, wo sie sind. Zumindest wahrscheinlich."

„Sprich klar, Fremder", forderte Bruno eher schlechtgelaunt. Henri erzählte. Brunos Miene hellte sich nur teilweise auf.

„Und du meinst, der Kerl hat die Steine? Woher willst du wissen, daß dieses Fräulein zu ihm gefahren ist?"

„Es ist unsere Chance", antwortete Henri und unterdrückte bewußt die Präzisierung, daß es ihre einzige Chance war. „Bestimmt wohnen die zwei zusammen. Im Telefonbuch steht, er ist Unternehmensberater."

Bruno war nicht sicher, auf der richtigen Fährte zu sein, aber einverstanden, daß sie sich um Valentin kümmern mußten. Noch am Hauptbahnhof hatte er einen Mietwagen besorgt. Erneut bewunderte Henri Brunos gute Organisation. Sie würden mit zwei Wagen zu Valentin fahren. Auf einem Stadtplan, den Bruno aus seiner Tragetasche hervorholte, fanden sie Valentins Adresse.

„Wo hast du denn bis jetzt gesteckt?", fragte Henri auf dem Weg zum Taxihalteplatz. Der andere wehrte ab und sagte etwas von Ärger mit dem Bullen, aber er sei ihn günstig losgeworden. Henri fand es in Ordnung, die Details nicht zu erfahren. Bruno bestand darauf, daß Henri seinem Fahrer nicht die Zieladresse nannte, sondern nur eine Querstraße. Von der Kreuzung aus wollten sie zunächst einen Blick auf Valentins Haus werfen. Der Fahrer sollte sich nicht an die Adresse erinnern. Bruno würde dem Taxi im Mietwagen folgen.

Noch während das Taxi sich dem Ziel näherte, erkannte Henri die Frau wieder. Sie stand mit einem Mann, wahrscheinlich Valentin, am offenen Heck eines Passat. Eben räumte sie einen Rucksack ein, vom Koffer war nichts zu sehen. Henri gab Bruno ein Zeichen. Als Maren und Valentin ins Auto einstiegen und starteten, wandte Henri, Brunos Vorsicht befolgend, sich an den Chauffeur.

„Fahren Sie weiter, ich sage Ihnen, wo entlang."

„Ja, wissen Sie keine Adresse?", gab der Mann zurück.

„Nein. Aber ich kann den Weg von hier aus finden. Fahren Sie, ich dirigiere."

Henri leitete das Taxi in einem gewissen Abstand hinter Valetins Auto her. Bruno folgte im grauen Benz nach. Als der Taxifahrer merkte, daß sie in der Richtung fuhren, aus der sie gekommen waren, schien er beruhigt. Henri verstand, daß der andere jetzt für seine Rückfahrt bezahlt wurde. Ihm konnte es recht sein, wenn es denn half, die Diamanten zurückzubekommen. Er ließ dichter auffahren. Nach einer Weile erkannte er, daß Valentin den Rückspiegel beobachtete. Auch die Frau drehte sich um. Rasch ließ Henri den Fahrer dicht neben einer Litfaßsäule halten, verließ den Wagen sogar für einige Sekunden und tat, als suche er eine Information auf dem Plakat. Im Sichtschutz der dicken Säule kroch er dann wieder ins Taxi. Er war überzeugt, daß die Frau ihn nur hatte aus-, nicht wieder einsteigen sehen. Der Fahrer hantierte am Auftrags-Display und schien auch ohne Argwohn. Bruno hatte sie überholt und war dem Passat gefolgt. Das Taxi fädelte sich wieder ein.

Als der Passat in eine winzige Gasse einbog, ließ Henri halten. Zugleich beobachtete er unauffällig, wie die Frau den Wagen verließ und zu einem der Häuser hinüberging.

„Wir sind da", informierte Henri den Fahrer. Der stellte gleich die Uhr aus. Als Valentins Auto die kleine Straße verließ, dirigierte Henri den Fahrer noch in die Gasse hinein. Fünfzig Meter neben dem Haus, an dem die Frau ausgestiegen war, ließ er halten. Er würde sich gleich um sie kümmern. Henri gab ein Trinkgeld. Er bemerkte, daß Bruno abfuhr, um an dem Passat dran zu bleiben.

Henri betrat den Garten. Solch ein verbautes Haus hatte er noch nie gesehen. Es wirkte wie ein verkleinertes Märchenschloß, und Dornröschen war auch schon drin. Das Türschloß konnte er mit einem gebogenen Metallstück bewältigen. Er öffnete die Haustür und betrat den Flur. Die Kleine mußte auf dem Dachboden sein, er konnte sie oben hören. Hinter einer Biegung des Eingangsflurs entdeckte er eine Treppe und ging hoch. Der Dachbodeneingang stand einen Spaltbreit offen. Als Henri die Tür aufriß, starrte die Frau ihn fassungslos an.

6

„Guten Tag, mein Name ist Schröter", sagte Valentin, indem er Ingos Karte aus der Jackentasche hervorbrachte. Er hielt sie dem Hotelportier lesbar aufs Pult, der sogleich mit dem Finger die Liste der Reservierungen abfuhr, derweil Valentin die Karte wieder einsteckte. Der Portier fand die Eintragung schnell, tippte darauf und schenkte Valentin ein qualifiziertes Lächeln.

„Herr Dr. Schröter, herzlich willkommen. Für Sie ist im ersten Stock reserviert, Zimmer mit Dusche und Frühstück. Entspricht das Ihren Wünschen?" Valentin murmelte zustimmend.

„Wissen Sie bereits, wie lange Sie unser Gast sein werden?"

„Nein. Erstmal nur bis morgen."

„Wie Sie wünschen." Der Mann füllte die Anmeldung mit den Angaben aus, die Valentin telefonisch gemacht hatte. „Es ist Zimmer Nummer elf. Ihr Gepäck wird Ihnen gebracht." Valentin, der sich bereits vom Tresen wegdrehte, hob nur abwehrend die Hand, verharrte dann aber, tippte sich an die Stirn und wandte sich wieder dem Tresen zu. Er wollte vermeiden, möglicherweise schon deshalb besondere Beachtung zu finden, weil seine Rechnung offenstand.

„Wissen Sie was - ich zahle schon bis morgen und sage Ihnen dann Bescheid, ob ich bleibe." Der Portier nickte nur. Valentin bekam Zweifel. Mußte es nicht besonders zwielichtig erscheinen, wenn er vorher zahlte? Als er zwei Hunderter aufs Pult legte, überlegte er, ob er in den USA tatsächlich mit Bargeld Verdacht erregen würde, aber der Portier nahm es natürlich ohne erkennbare Verwunderung.

Wunschgemäß zeigte Valentins Zimmer auf die Straße. Beim Betrachten der Fußgänger rief er sich ins Gedächtnis, was er in Göttingen vorhatte. Er mußte Anti sehen und ihn über seine Mittlerrolle aufklären. Noch hatte Valentin keine Idee, wie er ihm Maren präsentieren sollte. Daß sie verfolgt werden könnte, mußte er wohl erwähnen. Den eventuellen Verfolger konnte er aber als jemanden darstellen, den Maren verlassen hatte. Sie hatte diesem Mann das Herz gestohlen, kam Valentin in den Sinn, wobei ihm zugleich der sanfte Ausdruck einfiel, mit dem Maren ein diamantenes Herz betrachtet hatte. Er riß sich von der Vorstellung los.

Auf der Fahrt hierher war ihm auch Evelyne wieder eingefallen. Für die Französin hatte Valentin vor Jahren kleinere Aufträge erfüllt, und die beiden waren in lockerer Grüß- und Plauderfreundschaft verblieben. Evelyne war Juwelierin, sie fertigte also Schmuckstücke und handelte damit, ging ihm noch einmal Marens Auskunft durch den Kopf.

Vielleicht machte er sich überflüssige Sorgen. Es war kennzeichnend für Maren, daß sie Verabredungen nicht hielt. Daß sie allerdings auch dieses Treffen versäumte, bedurfte in Valentins Vorstellung eines wirklich ernsten Anlasses. Schließlich wußte Maren besser als er, daß es um Millionenwerte ging und in welcher Gefahr sie schwebten. Valentin hatte zwar keine Ahnung, ob der Mann am Bahnhof von dem Schuß getötet worden war. Aber diese Leute scheuten sich offenbar nicht, sofort zu schießen. Solch ein einprägsames Geschäftsgebaren ließ klare Vermutungen zu, wie sie mit Valentin und Maren verfahren würden.

Da stand man besser nicht im Wege.

Denen fuhr keiner ungestraft in die Parade.

Da spielte niemand unversehrt das Sandkorn im Getriebe.

Valentin hatte sich wohl eine Lockerung erhofft, die sich aber nicht einstellen wollte. Wo konnte er die Diamanten verstecken? Hier in seinem Zimmer waren sie nicht gut aufgehoben. Auch sein Auto konnte ihn verraten, wenn ein möglicher Verfolger entsprechende Informationsquellen hatte. Valentin mußte vorsichtig sein. Er durfte seine Häscher, wenn es sie gab, nicht unterschätzen, und er war nachträglich froh, spontan auf die Idee mit dem Hotel gekommen zu sein.

Aber es gab zu viele Unwägbarkeiten in seinen Überlegungen. Auch den Gedanken an Maren mußte er vorerst verbannen. Später konnte er versuchen, sie von einer Telefonzelle anzurufen. Alles mochte sich noch aufklären. Maren konnte ganz andere Prioritäten haben, sie konnte sich noch aus dem Augenblick heraus entschlossen haben, jemanden zu besuchen. Und wenn es so war, hatte sie ihm einen riesigen Vertrauensbeweis geschenkt, indem sie ihm die Diamanten einfach überlassen hatte. Valentin verstaute den Müllsack in einer Umhängetasche und verließ das Hotel in besorgter Aufmerksamkeit.

Vor seinem Auto baute sich gerade eine städtische Angestellte auf. Blitzschnell lief bei Valentin eine Art Film-Trailer ab, in dem er eine Zahlungsaufforderung nach Hamburg erhält, die aber ein anderer aus dem Briefkasten fischt und ...

„Steht der Wagen an der falschen Stelle?" sprach er die Uniformierte an, die von ihrem mobilen Erfassungsgerät aufblickte und ihn freundlich ansah.

„Ich weiß noch nicht. Hier gelten die Bedingungen einer eingeschränkten Fußgängerzone."

„Ich habe eben ein Zimmer genommen."

Die Frau warf einen Blick auf das Kennzeichen des Wagens und lächelte Valentin an: „In Ordnung. Sie dürfen den Wagen hier aber nicht stehen lassen." Grüßend ging sie weiter. Erst jetzt wurde Valentin klar, daß die Benachrichtigung vom Ordnungsamt wahrscheinlich Wochen gedauert hätte.

Er parkte den Wagen in einer Garage, in der er noch immer Möbel aus seiner Göttinger Zeit lagerte. Entscheidend für diesen Entschluß war, daß er keinen Vertrag für die Garagenmiete hatte. Ein Bekannter, der den Verschlag selbst nicht brauchte, stellte ihn Valentin auf Dauer zur Verfügung. Eine Verbindung zwischen ihm und diesem Versteck herstellen zu wollen, mußte aussichtslos sein. Dennoch zögerte er, auch die Diamanten an diesem Ort zu verstecken. Aber immerhin war hier noch nie eingebrochen worden. Offenbar vermutete niemand Werte in dem alten Schuppen. Er hob die Rückbank des Wagens an, verstaute den Müllbeutel in einer Kuhle und rastete die Bank wieder ein. Dann verschloß er den Wagen und die Garage und ging zu Fuß.

„Papa? Warum schaust du denn ängstlich?" David war kaum überrascht gewesen, Valentin am Hort zu begegnen, so oft hatte er den Kleinen schon unerwartet besucht. In den zwei Stunden, bis seine Mutter ihn abholte, wollten die beiden am Kiessee spazieren gehen. Valentin hielt inne. Nur ungern antwortete er David mit Redekunst, aber die Frage bestürmte ihn, und er sah keinen Weg, auch nur annähernd die Wahrheit zu sagen. Dafür war David gleichsam zu groß. Valentin wich aus.

„Ich habe gar nicht gemerkt, daß ich ängstlich schaue." Eilends entwarf er eine Verbindung zu dem, was er David ohnedies sagen mußte. „Ich denke gerade daran, daß wir nicht in meine Wohnung gehen können."

„Und wieso nicht?"

„Man sagt Ungeziefer dazu, und ich kenne auch kein besseres Wort für all die kleinen Tierchen, die manchmal in die Wohnungen kommen."

David hatte keine Angst vor Tieren.

„Und sie bleiben auch. Unter dem Teppich, in den Matratzen", schmückte Valentin aus.

David blickte ihn aufmerksam an.

„Als ich vorhin angekommen bin, habe ich einige ziemlich große Biester entdeckt. Jetzt muß ich erstmal einen Mann kommen lassen, der weiß, was es für Tiere sind und was wir tun können." Valentin rang um seine Beweisführung. Er hatte vorgehabt, drastisch eine Notwendigkeit zu schildern, warum seine Wohnung nicht als Aufenthalt in Frage kam, sonst hätte David ihn gelöchert, dort fernsehen zu dürfen, bis Mama ihn abholte. Die anderen Mieter im Haus waren verreist und konnten Valentins Geschichte weder bestätigen noch bestreiten. Jetzt schien ihm sein Vorwand nicht mehr so tragfähig. Überraschend hatte David ihn aber schon akzeptiert. Valentin war so erleichtert wie beschämt. Früher hatte er David gegenüber keine Geschichten erfunden, um ihn zu täuschen. Aber er wollte ihn doch schützen. Nur warum nahm er dann in dieser Situation überhaupt Kontakt zu ihm auf? Valentin haderte mit sich.

„Gehen wir bootfahren?" David hatte ihn beobachtet. „Du brauchst dir keine Sorgen zu machen, Papa. Der Mann, der in Deine Wohnung kommt, wird Dir bestimmt helfen." Valentin dachte an Männer, die in seine Wohnung kommen. Ob einer davon ihm helfen würde? Mit großer Geste zauberte er ein Lächeln auf sein Gesicht.

„Gehen wir bootfahren!"

Zwei Stunden später stand Valentin vor dem Juweliergeschäft „Evelyne" und betrachtete die Auslagen. David hatte sich ohne Klagen über die Kürze des Besuchs verabschiedet, als er ihn nach Hause brachte. Der Junge erschien ihm oft viel verständiger, als Valentin sich selbst als Kind in Erinnerung hatte. David war der wirkliche Schatz, den er hatte, dachte er, während er in seiner Hosentasche mit den Diamanten klimperte, die er zur Anschauung mitgebracht hatte.

Es waren nicht seine Steine. Er wußte nicht einmal, wem sie gehörten. Er ahnte, welche Greuel vorangegangen waren, bevor diese Steine in seiner Tasche landeten. Und wer wollte vorhersagen, daß nicht noch weitere Verbrechen um ihren Besitz begangen würden? Die Idee aber, zur Polizei zu gehen und die Beute abzugeben, erschien ihm wenig verlockend. Hatten er und Maren sich denn nicht schon strafbar gemacht? Es hieß Veruntreuung, nahm er an, wenn nicht Diebstahl, obwohl ihm beide Ausdrücke merkwürdig harmlos vorkamen. Schließlich wußten sie seit heute morgen von den Diamanten und hatten die Polizei nicht benachrichtigt. Er war damit von Hamburg nach Göttingen gefahren, und Maren war verschwunden. Wie wollte er Polizisten diese Geschichte glaubhaft machen?

Er beschloß, zunächst abzuwarten. Nur wußte er nicht, worauf er wartete. Denn in Wirklichkeit mußte er handeln. Vor allem wollte er in Erfahrung bringen, was die Steine wert waren. Dabei war ihm klar, daß er sich mit jedem weiteren Schritt, den er mit ihnen unternahm, mehr von der Legalität entfernte. Aber seine Neugier war größer. Noch mochte er sich nicht von der glitzernden Pracht trennen. Als er den Laden betrat, erschrak er vom Klang der Türglocke.

7

Mit kritischem Blick erfaßte Evelyne den Riß am Verschluß einer Kette und setzte ihr winziges Lötgerät an. Bei der Melodie ihrer Ladenklingel blickte sie über den Brillenrand, ohne den Kopf zu heben. Als sie den Herrn im Anzug erkannte, strahlte sie ihn spontan an, nahm ihre Brille ab, stand auf und ging zu ihm hin.

„Valentin!" Hoffentlich klang das nicht wie ein aufgeregter Teenager, dachte sie, als er lächelnd und mit ausgebreiteten Armen auf sie zukam.

„Salut, Evelyne!"

„Il y a si longtemps", sagte sie und schloß ihn in die Arme. Sie kannte Valentin seit fünf Jahren – er hatte Texte für ihre Schmuck-Broschüren geschrieben, und danach hatten sie einige eher zufällige Begegnungen gehabt. Dennoch glaubte Evelyne eine Zeit lang, sie kämen einander näher, oder hatte sie es gehofft? Er war jedoch bald darauf aus beruflichen Gründen weggezogen und lebte jetzt in Hamburg. Es war eben nur eine Schwärmerei.

Sein Lächeln schien etwas förmlich, als er im Sessel vor ihrem Arbeitstisch Platz nahm. Er blickte unstet im Raum umher, während sie zwei Tassen Espresso einschenkte. Er ließ dann eine Hand in die Hosentasche gleiten und zog sie sofort wieder heraus.

„Ich muß nicht fragen, was dich zu mir führt. Denn ich bin überzeugt, du kommst, für mich zu sehen, nicht wahr?" scherzte sie weiter.

„Um mich zu sehen, sagen wir immer", korrigierte Valentin sie freundlich. Zwar schien er froh, den belanglosen Faden aufzugreifen, doch hatte er etwas auf dem Herzen, das anscheinend noch Vorbereitung brauchte. Evelyne linste zur Uhr. Es war kurz nach vier. Etwas Zeit hatte sie wohl. Indes fuhr er fort: „Natürlich komme ich, für dich zu treffen. Trotzdem will ich dir den Anlaß sagen, den ich mir dafür ausgedacht habe."

Evelyne blickte ihn aufmerksam an.

„Ich schreibe gerade eine Geschichte, eine Art Kriminalgeschichte. Auf die Idee bin ich gekommen, als eine Bekannte mich vor einiger Zeit fragte, wie sie Edelsteine verkaufen könnte, wenn sie deren Herkunft nicht erklären kann." Er hielt inne, schaute sie fast erwartungsvoll an und fuhr fort. „Ich hatte zwar keine Ahnung, aber der Gedanke ließ mich nicht los, und jetzt

erfinde ich eine Geschichte dazu. Eigentlich habe ich erst angefangen. A-
ber ich möchte, daß alles stimmt. Vielleicht kannst du mir helfen."

„Seit wann arbeitest du als Schriftsteller?"

„Für meinen Sohn habe ich schon oft Geschichten geschrieben. Dies hier
ist nur ein Versuch, nicht wirklich Arbeit – es macht vor allem Spaß, aber
ich habe gemerkt, daß ich genau recherchieren muß, wenn ich keine
Dummheiten erzählen will."

„Bon. Was möchtest du wissen?"

„Mich interessiert eben diese Frage: Wie verkauft jemand Diamanten außerhalb der - sagen wir - offiziellen Wege?"

„Nun, ich glaube, er käme nicht zu mir", sinnierte sie. „Er hätte bestimmt
eine bessere Adresse. Woher stammen denn die Diamanten in deiner Geschichte?"

„Aus einem Raubüberfall."

„Eine große Menge?"

„Es sind mehrere Gramm."

„Diamantengewicht wird in Karat ausgedrückt. Fünf Karat sind ein
Gramm. Um was für Steine handelt es sich?"

„Du meinst Reinheit und Farbe? Ich denke, sie sollten sehr wertvoll sein.
Es handelt sich um weiße Diamanten mit unterschiedlichen Schliffen und
von großer Reinheit. Was ist ein solcher Stein wert, wenn er fünf Karat
wiegt?"

„Es wird dich nicht wundern, wenn ich sage, es kommt darauf an. Darauf
nämlich, wie rein der Stein genau ist, zum Beispiel."

„Daran habe ich gedacht, und ich habe die drei Steine mitgebracht. Meine
Bekannte hat sie mir überlassen."

Hörbar sog Evelyne Luft ein. Es mußte sich schon um eine sehr gute Bekannte handeln. Die Steine, die Valentin auf den Tisch legte, waren groß
und wirkten auf den ersten Blick fehlerfrei. Sie nahm einen Brillanten hoch
und betrachtete ihn durch die Lupe. Der Stein war hervorragend geschlif-
fen. In der Vergrößerung prüfte sie ihn mit Lampe. Der Brillant erwies er
sich als makellos und erbrachte auf der Waage genau fünf Karat.

„Mon dieu, das ist ein sehr wertvoller Stein. Deine Bekannte muß vorsichtig sein damit."

„Das habe ich ihr auch gesagt - sie ist manchmal etwas unbedacht." Den Blick nach unten gerichtet, schien er seinen eigenen Worten nachzuhängen.

„Du trägst diese Steine lose in der Tasche, das ist nicht gut. Ich soll dir eine Zahl sagen, nicht wahr?" Er nickte. „Nun, wenn du einen Interessenten findest für diesen Brillanten, kannst du mehr als einhunderttausend Mark erzielen." Perplex schaute Valentin sie an. Dann riß er sich wieder zusammen.

„Und jetzt stell dir vor, ich will diesen Stein auf dem Schwarzmarkt verkaufen."

„Das tue ich." Tatsächlich nahm genau diese Vorstellung immer deutlicher Gestalt an.

„Was bekäme ich dafür? Mal abgesehen davon, daß es bestimmt darauf ankommt. Was wäre das Minimum?"

„Ich habe eigentlich keine Erfahrung auf diesem Markt. Wenn du wieder eine Zahl brauchst, sage ich, du bekommst vielleicht auf dem Schwarzmarkt dreißig Prozent des Wertes. Aber ich weiß das wirklich nicht genau." Valentin schien mit der Auskunft zufrieden zu sein.

„Wer wäre denn ein möglicher Käufer, und wie würde ich ihn finden?"

„Weißt du, diese Branche ist sehr effektiv abgedichtet gegen Schwarzhandel. Ein Händler in unserem Fach riskiert alle seine Verbindungen bei einem geringsten Verdacht, daß er inoffizielle Geschäfte macht. Es gibt ein Monopol, das kontrolliert den gesamten Handel. Es stellt Ehrenkodizes auf und kontrolliert ihre Beachtung. Wenn einer nur vermuten läßt, daß er zu hohe Gewinne erzielt, ist er erledigt. Bei Schwarzmarktgeschäften geht das noch schneller."

„Und was wird aus solchen Leuten? Machen sie nicht weiter?"

„Du hast Recht. Sie bleiben oft im Geschäft und arbeiten neben dem Monopol."

„Kannst du mir einen Schwarzhändler beschreiben?" Er hatte sich vorgebeugt und blickte sie neugierig an. Seine Geschichte schien ihn wirklich in Bann zu ziehen.

„Vielleicht wäre er auf dem russischen Markt aktiv", überlegte sie laut. „Ja, so könnte es sein."

„Das heißt, ich müßte nach Moskau fliegen?"

„Nein. Diese Leute arbeiten auch in Deutschland. Wenn du jemanden findest, dann triffst du ihn bei einer Gelegenheit. Ihr verabredet euch", erklärte sie. Valentin fuhr sich mit der Hand durchs Haar.

„Aber das wäre doch gewiß gefährlich?"

„Wieso? Für wen gefährlich?"

„Für mich. Ich komme doch als Laie mit einer ganzen Ladung Diamanten zu ihm und will sie verkaufen. Da könnte ich doch leicht betrogen oder beraubt werden." Die Dimension einer ganze Ladung Diamanten war ihr neu.

„Ich habe keine Erfahrung, aber soviel ich weiß, sind das Geschäftsleute. Da geht es um Interesse und Preise und auch um einen Ruf, vermute ich. Du glaubst anscheinend, daß da schnell geschossen wird, aber ich halte das für übertrieben. Es wird vor allem gehandelt." Valentins Züge entspannten sich sichtlich. „Wovor hast du Angst, Valentin?" Die Direktheit ihrer eigenen Frage erstaunte sie. Er antwortete nicht so direkt.

„Meine Bekannte ist tatsächlich in der Lage, die ich dir beschrieben habe. Sie hat die Steine aus einer unklaren Quelle, und sie will sie loswerden."

„Ich frage dich jetzt nicht nach deiner unklaren Quelle, wenn du das befürchtest." Die Wendung, es sei seine unklare Quelle und nicht die seiner Bekannten, nahm er mit einem raschen Augenaufschlag hin. Evelyne fragte sich, ob sie ins Schwarze getroffen hatte. Sie sah die große Furcht in seinen Gesichtszügen. Für Momente schien er immer wieder mit seinen Gedanken weit weg zu sein. Sie mochte Valentin zu gerne, um diese Angespanntheit zu übersehen, und beschloß spontan, ihm so gut wie möglich zu helfen.

„Sag mir, was du willst, und ich werde sehen, was ich tun kann", sagte sie. „Nur eines ist klar: Ich kann solche Steine selbst nicht kaufen." Er nickte fast eifrig; offenbar hatte er auch gar nicht damit gerechnet.

„Kannst du mir jemand sagen, der sie kaufen würde, Evelyne?" Er blickte sie mit großen Augen an. Sie überdachte seine Frage. Freilich konnte sie. Ihr fiel sofort jemand ein. Sie wußte auch, wie er zu erreichen war. Franck war da vor Jahren eingestiegen, und sie war sich sicher, daß er tief darin steckte. Wie tief, hätte sie Franck nie gefragt. Überhaupt hatte sie den Kontakt nach seiner ungeklärten Betrugsaffäre weitgehend eingestellt. Impulsiv faßte sie einen Entschluß, der ihr selbst verrückt vorkam.

„Pass auf, Valentin. Ich helfe dir unter zwei Bedingungen. Die erste ist, daß ich nichts weiter wissen will."

„O.K. Und die zweite?"

„Eigentlich sind es drei. Die zweite heißt, daß ich bei dem, was du danach tust, nicht genannt werde."

„Du kannst dich auf mich verlassen." Das klang aufrichtig. Sie wollte es glauben. Sie glaubte es.

„Meine dritte Bedingung ist auch einfach. Gleich sage ich dir eine Telefonnummer, du merkst sie dir. Du sollst nichts aufschreiben."

Valentin nickte. Evelyne vertraute ihm. Sie stand auf, ging ins Büro, kramte eine Weile in Schubladen und brachte den Terminkalender des vergangenen Jahres hervor. Während eines Gesprächs mit Franck hatte sie seine Mobiltelefonnummer notiert. Das mußte im Frühjahr gewesen sein. Sie erinnerte sich an eine Notiz in der Mitte einer linken Seite. Schnell fand sie die Eintragung, ging zurück und sagte Valentin die elfstellige Nummer.

„Er heißt Franck", ergänzte sie. Valentin nickte und sprach die Nummer einige Male stumm vor sich hin, wobei er die Lippen bewegte. Ihr fiel ein Junge ein, der sein Gedicht auswendig lernt.

„Ich werde dich nicht nennen, versprochen. Aber meinst du, Franck macht mit mir Geschäfte, wenn er nicht weiß, wie ich auf ihn komme?"

Die Frage war berechtigt. Sie fand, sie könne getrost riskieren, daß ihr Name fiel. Sie hinterließ doch keine Spur. Wenn Franck Interesse hatte, entstand dadurch bestimmt keine Gefahr für sie. War Franck nicht interessiert, hatte sie auch nichts zu befürchten.

„Du kannst ihm sagen, du kommst von Evelyne, die sich heraushält." Sie schmunzelte. Valentin ergriff ihre Hand und deutete einen Kuß an. Seine Art, sich zu bedanken, sprach sie so an wie der Mann selbst. Erst als er das Geschäft wieder verlassen hatte, fragte sie sich sie, ob sie zu weit gegangen war.

8

Geblendet von der Nachmittagssonne, trat Valentin aus dem Juweliergeschäft. Nur vor Leere revoltierte sein Magen nicht. Sechshundert mal einhunderttausend? Er hatte eine Blockade beim Rechnen. David konnte das herausbekommen, warum konnte er es nicht? Er mußte sich dreifach vergewissern.

Ihm leuchtete ein, daß die große Menge Diamanten, die er verkaufen wollte, ihren Preis pro Gewichtseinheit senken würde. Auch war ihm klar, daß nicht jeder einzelne Stein einen solchen Wert haben mußte. Allerdings waren es seiner Beurteilung nach völlig durchschnittliche Steine aus der Sammlung, die er Evelyne gezeigt hatte. Sammlung klang sehr seriös. Erst als eine grauhaarige Dame ihn erstaunt ansah, bemerkte er, wie er leise und jeden Laut betonend, vor sich hin sprach: „Sech-zig Mil-li-o-nen."

Das war der Wert der Diamanten, nicht ihr Preis. Der Preis war eine Sache der Verhandlung, die er mit Franck führen müßte. Aber Evelyne hatte gesagt, Franck sei nur an Wochenenden erreichbar. Valentin empfand die Wartezeit als endlos, und zugleich ließ ihn der Gedanke an ein Treffen mit dem Fremden erschauern. Konnte er sich diesen Handel wirklich zutrauen?

Dreißig Prozent waren immer noch achtzehn Millionen, immer noch unvorstellbar. Unversehens hatte Valentin eine kleine Straße mit Immobilien vor Augen, dann eine Reihe von vierzig Rolls Royce. Überschlagsweise rechnete er weiter und versuchte dann, sich das Jahresnettoeinkommen von vierhundertfünfzig Familien zu veranschaulichen. Sein Magen hing durch. Er mußte etwas essen, auch ohne Appetit. Wahrscheinlich war der Erlös aus den Steinen viel geringer, und Valentin konnte froh sein, wenn es die Hälfte wurde. Wahrscheinlich konnte er schon froh sein, wenn er lebendig aus der Geschichte herausfand.

Ein Mord wäre bei solchen Summen seiner Kenntnis und Überzeugung nach für praktisch niemanden mehr undenkbar. Und wie war das bei Valentin selbst? Aber er hatte im Moment nicht vor, sich mit dieser Frage zu befassen. Schließlich war er selbst das mögliche Opfer, und Maren war vielleicht schon eines geworden.

Valentin mußte handeln. Wäre er Django, müßte er demnächst vermutlich schießen. Mitten in der Bewegung, mit der er nach dem Mobiltelefon griff, hielt er inne. Der Akku war leer. Die Situation erschien ihm mit einem Male erstarrt.

In der Telefonzelle erreichte er auch nichts. Ingo Schröter war vor einer Stunde im Büro gewesen, aber schon wieder weggefahren. Valentin wählte Marens Nummer. Während er die Wiedergaben seiner Klingelzeichen zählte, geisterte das Bild einer Sturmglocke durch seinen Kopf. Niemand antwortete. Dann meldete ein in schneller Folge wiederholtes Tuten, daß sein Anruf abgebrochen worden war. Er verließ die Zelle.

Auf der Straße bekam er Angst. Jemand, der ihn wahrscheinlich kannte, verfolgte ihn ebenso wahrscheinlich. Zumindest hatte dieser Jemand einen guten Grund dafür. Valentin selbst kannte diesen Verfolger nicht. Oder gab es vielleicht sogar mehr als einen? Zudem wußte Valentin nicht, ob dem anderen überhaupt klar war, daß er im Besitz der Beute war.

Würde Valentin die Diamanten jetzt aber verkaufen, nähme er sich damit jede Möglichkeit, sie noch an den Mann vom Bahnhof zurückzugeben. Valentin dachte über diese Variante nach. Wie sollte er seinen möglichen Verfolger überhaupt finden, ohne sich dabei selbst in Gefahr zu begeben? Möglicherweise war eine Rückgabe auch gar kein Mittel, sich des Verfolgers tatsächlich zu entledigen. Schließlich war Valentin jetzt Mitwisser. Außerdem konnte er sich dann wohl auch nicht mehr an die Polizei wenden. Lohnte es denn andererseits selbst für Millionen, vielleicht lebenslang auf der Flucht vor dem Gangster zu sein? Valentin fühlte sich ausgeliefert. Wie konnte er den Verfolger abschütteln?

Er mußte sich Gewißheit verschaffen. Es dürfte nicht so schwer sein, in der kleinen Straße, in der seine mit Manuel gemietete Wohnung lag, einen ortsfremden Beobachter auszumachen. Valentin beschloß, die Wartezeit auf ein Treffen mit Franck zu nutzen und seine eigene Wohnung zu überwachen.

„Alter!" Der Ruf drang quer über die Straße in seine Überlegung. „Schnieke hast du dich gemacht, und schon willst du deine Kumpel nicht mehr kennen?" Anti, die schmalen Gliedmaßen in den geräumigen bunten Hosen über die Sitzbänke des Straßencafés schier ausgestreut, winkte in einer Mischung aus Frotzelei und Wiedersehensfreude herüber. Valentin akzeptierte, daß der Weg, den er absichtslos gewählt hatte, ihm die gesuchte Begegnung ganz zwanglos anbot und überquerte die Straße.

„Du siehst ja grauenhaft aus", empfing ihn Anti, indem er Platz auf der Bank machte. „Iß erstmal einen Happen." Sein freundschaftliches Grinsen zeigte zwei volle Reihen Zähne.

„Meinst du vielleicht, ich lasse mir nachher Vorwürfe machen, dir etwas wegzuessen, so ausgehungert, wie du selber bist? Schön, dich zu sehen, Anti." Valentin meinte, ähnlich zu lächeln wie sein Gegenüber. Doch der setzte gleich eine zerfurchte Miene auf.

„Ich mein's ernst. Iß einen Crêpe, und die Welt wird schöner."

„Crêpe ist weiblich. Sonst heißt es Trauerflor. Aber du hast recht, ich muß essen." Er bestellte einen „Großen Monster-Crêpe", auf Nachfrage mit allen Beilagen. Während er aß, schilderte Anti eine Gastspielreise, die er mit seiner Percussion-Gruppe in der vergangenen Woche gemacht hatte. Außer vereinzelten Kommentaren hörte Valentin zu. Antis Musiker-Karriere begann Gestalt anzunehmen. Nach einer längeren Pause setzte Valentin dann mit vollem Mund zu sprechen an.

„Es ist gut, daß ich dich treffe."

„Du mich treffen? Mit Engelstrompeten mußte ich dich aus der Grübelei wecken. Du wärst glatt an mir vorbeigetrottet."

„Ich möchte dich um einen Gefallen bitten." Der förmliche Aufmacher schien Valentin angemessen. Anti lauschte. „Maren, das ist eine Freundin von mir in Hamburg. Sie ist in Schwierigkeiten und wollte eigentlich mit mir nach Göttingen kommen." Er aß einen Happen und kaute. Anti hatte recht - schon sah alles einfacher aus. „Da ist jemand, vor dem sie sich verstecken will oder muß. Ich habe ihr gesagt, sie sei hier sicher. Aber wir haben uns verpaßt. Nun konnte ich ihr keine offene Nachricht hinterlassen, wo sie mich findet. Ich befürchte nämlich, daß jemand, der sich Einlaß in ihre Wohnung verschafft, die Nachricht auffischt." Bisher hatte er nicht gelogen. Um der Beiläufigkeit willen steckte er noch ein Stück in den Mund, kaute und sprach weiter. „Da habe ich ihr einen Zettel geschrieben, sie solle in der Kneipe nach dir fragen." Bei den letzten Worten balancierte er das vermeintlich heiße Teigstück zwischen Zunge und Gaumen. „Ich konnte nicht mehr auf sie warten."

„Und was soll ich tun, wenn sie zu mir kommt?"

„Du könntest ihr sagen, wo sie mich am leichtesten treffen kann. Ich bin zu selten in meiner Wohnung." Er schluckte. „Am besten hier. Hier kann sie mir eine Nachricht hinterlegen. Was auch immer." Valentin wollte nicht

ohne Not auf seine Göttinger Adresse hinweisen. Anti kannte sie selbstverständlich. „Und wenn jemand kommt, den du nicht kennst und der
nach ihr fragt oder nach mir..."

„ ... dann erfährt er nichts." Mehr gab es für Anti zu dem Thema nicht zu
sagen. Valentin beschrieb ihm Maren. Er war erstaunt, wie leicht ihm das
Gespräch gemacht worden war. Allerdings befürchtete er, daß Maren Antis
Hilfe vielleicht gar nicht würde in Anspruch nehmen können.

Der erste Crêpe hatte ihm gutgetan. Valentin aß noch zwei und trank, derweil er mit Anti plauderte und allmählich der Abend heraufzog. Als es zu
regnen anfing, verabschiedeten sich die beiden.

Valentin ging zum Hotel zurück. Er war überzeugt, daß derlei vage Verabredungen in einer Stadt wie Hamburg hätten fehlschlagen müssen. ‚Maren,
frag' doch einfach in der nächsten Kneipe nach Anti, wenn du ankommst.
Bis dahin weiß der auch schon, wer du bist. Und wenn er dich in ein bestimmtes Café schickt und du dich hineinsetzt, dann komme ich da einfach
hin.' In Göttingen war das möglich.

Am Empfang traf er den Portier. Es war ein anderer als am Nachmittag.
Schnell schob Valentin seine fixe Idee von einer umfassenden Verfolgung
beiseite, ging auf sein Zimmer und fiel müde in die Federn. Der Imbiß
machte ihm zu schaffen.

Er betrat ein Haus. Er machte kein Licht. Hatte der andere ihn herein-
kommen sehen? Im Dunkeln suchte er die Treppe, stolperte mehr, als daß
er lief, die enge Stiege hinauf und stieß mit dem Kopf an die geschlossene
Bodenluke. War da unten ein Dröhnen?

Er verharrte reglos. Dann öffnete er die Luke. Ihm fiel auf, daß sie keinen
Ton machte. Er stieg hoch und schaute sich auf dem Dachboden um. Ein
nächtlicher Lichtschein vom Turmzimmer her setzte die Szene in schwa-
che Kontraste. Zwischen Hausrat und Möbeln entdeckte er einen schmalen Weg hinüber zum offenen Dachfenster im großen Raum. Er stieg über
Berge von Kisten und Gerätschaften hinweg. Dabei streifte sein Schien-
bein einen großen Korb aus Weidengeflecht. Als Valentin bemerkte, daß
eine schwere Wolldecke langsam von dem Korb herunterglitt, hockte er
sich hin und beugte sich vor.

Es war nur ein dämmriges Licht, das in den Korb fiel. Doch trotz der
schwachen Beleuchtung erkannte Valentin unter dunklen Locken unver-
kennbar das bleiche Gesicht. Maren lag mit angezogenen Knien auf dem

kennbar das bleiche Gesicht. Maren lag mit angezogenen Knien auf dem Rücken im Korb. Als er an sich hinunterblickte, entdeckte er Blut, das aus dem Korb gesickert war. Er stand mitten drin. Unten schlug die Haustür. Er fuhr hoch, und ein machtvoller Stoß traf seine Schädeldecke.

Als er aufschreckte, war ihm, als dröhne der Rahmen seines Hotelbettes noch immer. Es war erst drei. Valentin erhob sich und holte Wasser.

9

„Bist du närrisch? Du hast also keine Ahnung, wo ihr Rucksack geblieben ist?"

Bruno konnte nicht fassen, daß Henri mit leeren Händen ins Hotel zurückgekommen war. Er selbst hatte Valentin bei der Verfolgung verloren. Aber dieser Kerl war auch mit einem Mal gefahren wie der Teufel. Er hatte sein Auto einfach quer über die mehrspurige Straße gerissen, und bei dem Gegenverkehr blieb Bruno keine Chance. Valentin war verschwunden. Und nun konnten sie die Kleine dank Henris überwältigender Arbeitsweise auch nicht mehr fragen.

„Hast du denn danach in dem Haus wenigstens alles durchsucht?"

„Na klar." Henri hob die Hände eher hilflos. „Keine Spur von den Steinchen."

„Ich hoffe, du hast nicht auch noch deinen Ausweis in der Hütte liegen lassen", sagte Bruno gereizt. Henris wütende Handbewegung in seine Richtung beachtete er nicht und sagte: „Also, was nun, Legionär?"

„Was fragst du mich? Wir wissen doch beide nicht, wo der Kerl jetzt steckt und ob er die Beute überhaupt hat." Henri wirkte tatsächlich ahnungslos.

„Vielleicht weiß ich doch, wo er steckt", sagte Bruno.

„Was weißt du?"

„Ich habe in der Zwischenzeit weitergearbeitet. Ich war nämlich in seiner Wohnung drin. Da habe ich mich umgesehen, in den Schränken und so weiter. Als ich dann in seinen Schreibtisch gucke, bin ich auch fündig geworden. Da lag bei den Papieren ein Mietvertrag. Den hat er mit einem gewissen Manuel Rodriguez Serrano für eine andere Wohnung gemacht. Eine Wohnung in Göttingen. Was hältst du davon?" Bruno hatte bei dieser Gelegenheit auch einen Ersatzschlüssel zu Valentins Auto mitgenommen, aber das behielt er jetzt für sich.

„Du hast die Adresse? Dann fahren wir doch hin!"

„Langsam, Legionär." Das war es. Henri reagierte zu impulsiv, zu unüberlegt. Seine Kombinationsgabe zu erraten, daß Patrick nach Hamburg fahren würde, seine Geistesgegenwart, die Wahlwiederholung zu nutzen — schön und gut. Aber es war falsch, sich allein auf Göttingen zu konzentrieren. Valentin konnte jederzeit hier in Hamburg wieder auftauchen. „Ich fahre da hin, und Du bleibst hier."

„Wie wär's denn umgekehrt?"

„Tu, was ich sage. Du hast uns die Schererei doch erst eingebrockt!" Es brach jetzt unkontrolliert aus Bruno heraus, und er wußte selbst, wie wütend er noch werden konnte. „Ich hatte dir gleich gesagt, wirf ein Auge auf Patrick, der ist vielleicht nicht koscher. Ich mußte schließlich den Wagen fahren. Und Hamburg war zwar eine gute Idee, aber ohne mich wärst du vielleicht aus dem Bahnhof auch nicht herausgekommen."

„Vielleicht." Henri blickte zu Boden.

„Hör zu, Henri. Du gehst noch einmal in das Haus der Kleinen und schaust dich genau um."

Schließlich fügte sich Henri und blieb in Hamburg. Bruno war es gewohnt, die erste Geige zu spielen. Von Anfang an hatte er sich bedeckt gehalten. Über die tatsächliche Größe der Beute, die wahrscheinlich bei dem Coup heraussprang, hatte er beide Partner im Unklaren gelassen. Henri mußte denken, es gehe um ein paar Millionen. Bloß hatten sie jetzt nicht einmal die, dachte Bruno bitter.

Auf der Autobahn überlegte er, daß er nichts tun mußte, als bei Valentins Haus zu warten. Er hatte die Überraschung auf seiner Seite und die Entschlossenheit. Derzeit schien Göttingen ihm die heißeste Spur der Diamanten zu sein. Diese Spur mußte er selbst verfolgen. Henri hatte sich auch ein Mobiltelefon besorgt, die Verbindung nach Hamburg war gesichert. Es war abgesprochen, Valentin sofort hart anzugehen. Und keinesfalls durfte auch dieser Kontakt noch verschwinden.

Fortan durfte Bruno sich nur noch auf sich selbst verlassen. Auch hatte er schon zu viel Zeit im Knast verbracht, um sich durch mangelnde Organisation eines übereiligen Partners dahin zurückbringen zu lassen.

Valentins Göttinger Bleibe lag im Dachgeschoß eines villenartigen Gebäudes in einer bürgerlichen Wohngegend. Auf der Straße, die von einem innenstadtnahen Erholungsgebiet westwärts zum Zentrum herabführte, parkte Bruno den Mercedes schräg gegenüber Valentins Haus.

Zuerst machte er sich mit der Umgebung vertraut. Gleich die Wohnung anzuschauen, schien ihm voreilig. Es gab da noch diesen anderen Mieter. Dafür wollte Bruno die Nacht abwarten. Er betrat das Grundstück über eine offene Zufahrt. Ohne Hindernisse konnte er um das frei stehende

Klinkergebäude herumgehen. Er begegnete auch niemandem. Der Haupteingang befand sich am Kopf einer kleinen Treppe an der Seite des Hauses. An der Rückseite hatte es durch den Keller einen zweiten Zugang. Die Straße selber lag ruhig und wurde anscheinend kaum von Durchgangsverkehr genutzt.

Bruno setzte sich auf den Fahrersitz des Benz. Er rutschte tief in den Sitz hinein und nahm dabei eine möglichst bequeme Haltung ein. Dann verstellte er Innen- und Außenspiegel so, so daß er die Hausumgebung im Blick hatte, ohne selbst aufzufallen. Er öffnete das Verdeck, steckte sich eine Zigarette an und stellte sich aufs Abwarten ein.

Sein Telefon brummte. Henri klang aufgeregt.

„Ich lese dir mal einen Zettel vor, den ich hier gefunden habe. Da steht: Frag' in der Kneipe nach Anti. Mehr nicht."

„Anti. Hört sich an wie ein Spitzname. Was soll ich damit anfangen?"

„Das ist mir auch nicht klar. Vor ein paar Stunden war der Zettel jedenfalls noch nicht hier. Vielleicht war Valentin inzwischen da und hat versucht, der Frau eine Nachricht zu hinterlassen."

„Vielleicht. Ich werd's mir merken. Halt die Augen offen."

Bruno dachte einen Moment nach, verließ den Wagen und montierte in einer nahen Zelle das örtliche Telefonbuch aus der Halterung. Als er wieder im Auto saß, fand er darin Eintragungen von mehreren hundert Gaststätten. Keine davon hieß Anti, Zum Anti oder Zum Fröhlichen Anti. Er verstaute das Telefonbuch in seiner Tragetasche. Dann verließ er den Wagen und ging in die Innenstadt hinunter. Vielleicht konnte er den schwarzen Passat oder gar Valentin selbst auch zufällig aufstöbern. Die Beobachtung am Haus konnte er wieder aufnehmen, wenn es dunkel wurde.

10

Valentin besah sich im Spiegel und befühlte die Beule, die ihm sein Traum beschert hatte. Seine eigene Vorstellungskraft begann, ihn zu überwältigen. Geplagt vom Nachklang seines Alptraums, hatte er das Hotelbett verlassen. Immer deutlicher stellte sich der Besitz dieser Beute als Unheil heraus. Ihm fiel eine Geschichte ein, in der ein verfluchtes Vermögen allen seinen Besitzern lediglich Kummer und Ängste bringt.

Draußen war es dunkel, er stieg in dunkle Kleidung und machte sich auf den Weg. Die Rezeption war unbesetzt, und die Hoteltür stand weit offen. Der Portier schien in einer Kammer zu schlafen. Beunruhigt beschloß Valentin, stets von innen zu verriegeln, wenn er in diesem Hotelzimmer wäre.

Als er auf die Straße trat, zog er die dunkle Mütze über. Was er zu tun gedachte, war ebenso zwingend wie riskant. Bis zu seiner Wohnung hatte er nur zehn Minuten. War dieses Kribbeln in seinem Bauch denn nun Furcht oder Reiz des Abenteuers? Er straffte seine Haltung beim Gehen. Noch brauchte er nicht geduckt zu schleichen.

„Für zwei Mark bekommst du einen freien Gedankengang", drang eine spröde Stimme aus einem düsteren Hausflur. Er wirbelte herum. Friedlich saß auf der Treppe eine arme Frau, die er schon seit Jahren kannte. Ihre Art zu schnorren war ein Dienst, den sie selbst erfunden hatte. „Free association", ergänzte sie verheißungsvoll. Valentin beruhigte sich.

„Ich habe schon genug im Kopf." Gleichwohl zog er sein Portemonnaie und gab ihr das gewünschte Geldstück. Danach war sie nicht mehr aufzuhalten.

„Schwarze Spinne. Babybrei.
Fakten, Fakten. Alles inklusive.
Fit for fun. Endlos Geschrei.
Seelenschwund. Freihändig Liebe.
Zwölf Uhr mittags. Einerlei.
Für Sie machen wir den Weg doch frei.
Der Weg in den Wahnwitz. Der gute Ton.
Immatrikuliert, diese Generation.
Espresso, Sekt und einen Schnaps?
Stockbetrunken. Wirtschaftskollaps."

Das drastische Potpourri aus Schlagzeilen, Titeln und Kneipengesprächen, aus Werbung und einem Schuß Hochschule fand Valentin recht passend. Er hatte es noch im Kopf, als er der Stadthalle näherkam. Doch im Cheltenham-Park vermied er schon den Lichtschein der nächsten Laternen. Die Straße betrat er nicht. Sie überquerte nämlich die nahe Kreuzung und führte direkt zu seiner Wohnung. Ab hier bewegte Valentin sich nur im Sichtschutz des Buschwerks weiter. Dort, wo Randsteinbäume standen, ließ die Straßenbeleuchtung Lücken. An der Kreuzung wechselte er gebückt zur anderen Seite hinüber und suchte schnell eine neue Deckung. Er entschied sich für einen Graben, in dem ein gezähmter Bach dem Straßenverlauf folgte. Hier unten war er schwer zu entdecken. Er stakte im seichten Wasser voran. An einer Einfahrt mit niedrigem Übergang mußte er den Bach verlassen. Nachdem er ein metallenes Gitter überklettert hatte, versteckte er sich im Gestrüpp des Gartens einer großen Villa. Von der Ecke des Grundstücks bot der Lauf der Straße ihm die erste Aussicht auf sein Haus. Als er Licht in der Wohnung entdeckte, hielt er den Atem an.

Es war kurz vor vier, da konnte Manuel tatsächlich nach Hause gekommen sein oder aber einen frühen Aufbruch vorbereiten. Valentins Blick schweifte über die Autos, die entlang der Straße parkten. Da war kein weiteres Licht zu sehen. Aber gewiß nicht, dachte Valentin. Wer immer da vorne lauern mochte, wollte selbst wohl nicht gesehen werden. Er verließ das Grundstück durch die Gartenpforte, beäugte das Umfeld und flitzte zum nächsten Eingang weiter. In der Nähe bellte ein Hund.

Durch eine Hecke spähte Valentin die Umgebung seines eigenen Hauses aus. Erneut blickte er zur Wohnung empor. Der Lichtschein aus Manuels Fenster schwankte deutlich mit jeder Bewegung im Zimmer. Valentin versuchte, sich einen Reim auf den sichtbaren Rhythmus zu machen. Bestimmt packte Manuel in diesem Augenblick seine Sachen für die nächste Montagefahrt. Valentin mußte ihn auf die Bedrohung hinweisen. Noch einmal ließ er den Blick über das nächtliche Straßenbild wandern. Es war kein Mensch zu sehen. Dann trat er seinen Rückweg durch die benachbarten Gärten an.

Einige Straßen weiter fand er eine Kabine. Jemand hatte das Telefonbuch aus der Halterung entfernt. Zwei Hunde bellten jetzt abwechselnd. Er wählte Manuels Mobiltelefonnummer an. Die Antwort kam unmittelbar.

„Hallo." Bei Manuel klang das immer wie eine Aussage und nicht wie eine Frage, im Sinne von ‚Wer ist da?'.

„Hola. Soy Valentino."

Der andere sagte nichts.

„Dacht' ich mir doch, daß du wach bist!" Valentin gab seiner Aussprache ein unverkennbares Lallen. Sein Anruf um diese Zeit bedurfte wohl einer Erläuterung. „Ich wollte nur mit jemandem reden, den ich nicht wecken muß. Und die innere Stimme gab mir ein, daß du dich über den Anruf freust." Er fand, das war dick genug aufgetragen. Manuel war höflich.

„Ich verstehe. Ich war tatsächlich wach und habe aufgeräumt." Den Faden griff Valentin auf.

„Ist denn etwas in Unordnung?"

„Nur meine Wäsche vom letzten Monat."

„Habe ich Post?" Dumme Frage. Noch nie hatte Valentin Sendungen an diese Adresse erhalten.

„Nein. Wieso fragst du?"

„Ach, es geht überhaupt nicht um Post." Valentin überlegte fieberhaft, wie er den anderen warnen konnte, ohne Details preiszugeben. „Ich muß dich warnen. Vor einem Kerl. Es geht natürlich um eine Frau, und er hat wohl meine Göttinger Anschrift." Das stimmte. Nur wählte er einen sehr engen Ausschnitt aus den bekannten Fakten.

„Ich verstehe. Du befürchtest, er kommt uns hier besuchen."

„Genau das. Bitte pass auf, ja? Aber vielleicht ist es doch nur blinder Alarm."

„Ich habe schon verstanden. Danke, daß du es mir sagst. Aber ich fahre sofort wieder weg. Gleich werde ich hier abgeholt. Ich komme erst nächste Woche zurück."

Das beruhigte Valentin. Er bat um Entschuldigung für die nächtliche Störung, legte auf und ging ins Hotel zurück.

Nach etwas Schlaf und einem Frühstück zog er wieder los. Er mußte erfahren, ob Anti eine Nachricht für ihn hatte. Vielleicht saß er gerade wie gestern im Café nur einige Häuser weiter. Die Bedienung wußte von nichts. Anti war noch nicht da gewesen.

Valentin nahm Platz und dachte nach. Immer mehr Menschen seiner Umgebung zog er in die trübe Geschichte hinein. Die richtige Adresse dafür war die Polizei. Nur hätte es gar keinen Zweck, dort die Steine abzugeben, wenn Valentins Verfolger nicht auch davon erfuhr. Seine Gedanken kreisten. Er saß in der Falle. Er hatte keine sichere Bleibe. Polizei war zu heikel. Seinen Verfolger, wenn es ihn gab, hatte er noch nie gesehen.

Selbst ein Verkauf der Steine müßte noch einige Tage warten.

Valentin ließ vom Grübeln ab und hob den Blick. Vor ihm stand die Bedienung. Ob er etwas trinken wolle, hatte sie gefragt. Er bestellte Milchkaffee. Als sie ging und die Sicht auf die Straße freigab, erblickte er Anti, der mit einer Trommel im Arm auf ihn zukam und winkte.

„Guten Tag", sagte er. „Muß ich doch in meinem Alter dieses Ding hier schleppen!"

Valentin begrüßte ihn. Umständlich verstaute Anti seine Trommel unterm Tisch und nahm ihm gegenüber Platz.

„Hier! Das muß ich dir sagen", setzte er an. Die Bedienung brachte den Milchkaffee und nahm Antis Bestellung auf. „Von deiner Maren hab' ich nichts gehört. Aber der Kerl, von dem du erzählt hast, der hat wohl schon nach mir gefragt." Er richtete den Tragegurt an seiner Trommel zurecht. „Ich weiß es von Klaus, da kam einer rein und hat nach einem Anti gebohrt. Natürlich hat Klaus die Schnauze gehalten."

Die plötzliche Blässe in Valentins Gesicht mußte offensichtlich sein. Doch war Anti gerade am Gurt beschäftigt und bemerkte den Wechsel nicht sofort. Als Valentin aber gar nichts mehr sagte, schaute Anti wieder hoch.

„Das ist doch aber nicht der Weltuntergang", sagte er mit betroffenem Blick auf Valentins offenen Mund. „Mach mal wieder Urlaub, Alter."

„Vielleicht", sagte Valentin teilnahmslos. Verstört begriff er die akute Gefahr. Das konnte die schlimmste aller gedachten Varianten sein. Es gab einen Verfolger, er war bei Maren gewesen, und jetzt war er hier! Valentin riß sich zusammen und sagte zu Anti: „Dieser Kerl ist wirklich gefährlich. Es war falsch von mir, deinen Namen aufzuschreiben."

„Nun mach dich doch nicht verrückt." Anti dachte nach. „Was hat denn die Frau dem Kerl bloß angetan?"

„Frag' mich nicht. Ich weiß nur, mit diesem Mann ist nicht zu spaßen. Ich hatte gehofft, daß er nicht wirklich in Marens Wohnung hineinkommt."

Inständig hatte Valentin das gehofft. Schlagartig fiel ihm ein, daß er hier gar nicht sitzen durfte. Diese City war so klein - da konnte er leicht entdeckt werden. Wie hatte er früher in Göttingen den Umstand geschätzt, auf der Straße unerwartet Bekannten begegnen zu können! Kurzerhand legte er ein Fünfmarkstück auf den Tisch. Er mußte hier weg.

„Sei mir nicht böse", sagte er. „Ich hoffe, daß ich dich nicht zu weit hineingezogen habe." Anti nickte nur. Valentin gab ihm die Hand und ging.

Er setzte seine Kappe auf, dazu noch die Sonnenbrille. Am Markt nahm er ein Taxi. Er nannte dem Fahrer eine Adresse unweit seiner Wohnung. Als das Taxi startete, glitt er tief in den Sitz hinein und kam erst am Ziel wieder hervor. Er bat den Fahrer, noch zehn Minuten zu warten und zahlte dafür ein spendables Trinkgeld.

Valentin betrat das Grundstück, das rückwärtig an das Terrain seines eigenen Hauses grenzte. Er schlich am seitlich gelegenen Eingang des Gebäudes vorbei bis in den hinteren Garten hinein. Dort hing die Wäsche der Hausbewohner. Er nutzte den Sichtschutz, den die feuchtkalte Wäsche gegenüber den Fenstern bot. Unversehens stolperte er über einen winzigen Puppenwagen. Dann überwand er den Maschendrahtzaun.

„As, König, Dame, Bube, Zehn, Neun, Acht, Sieben ..." Mit klopfendem Herzen murmelte er den befremdlichen Countdown vor sich hin. Im Garten seines Hauses stehend, beäugte er wachsam die Umgebung. Er lugte durch die Einfahrt auf die Straße vor dem Haus.

Sofort fiel ihm der graue Mercedes mit einem Hamburger Kennzeichen auf. Neben dem Wagen, den Blick abgewandt, stand eine hünenhafte Gestalt. Valentin bekam weiche Knie. Der Mann war bestimmt zwei Meter groß. Er hatte kurze blonde Haare, war etwa fünfzig und trug legere Straßenkleidung. Gerade rauchte er eine Zigarette. Versteckt hinter der Hausecke, beobachtete Valentin den anderen. Was für ein Goliath!

Valentin meinte, ihn schon einmal gesehen zu haben. Er schlich zurück durch die Gärten. Dann bestieg er das wartende Taxi und ließ sich zu Davids Schule fahren, die südlich der Innenstadt lag.

11

Bruno war müde und unruhig. Wie viele Nächte sollte er sich denn hier noch um die Ohren schlagen? Gestern war er zwischen vier und zehn in mindestens zwanzig Kneipen gewesen. Überall hatte er ohne Erfolg nach Anti und auch zuweilen nach Valentin gefragt. Allmählich war er sich bei der Fragerei recht albern vorgekommen. Was für einen Papierschnipsel hatte Henri da bloß ausgegraben?

Er trat die Kippe auf dem Fußweg aus und zündete sich eine neue an. Wahllos war er allerdings nicht in die Kneipen gezogen. Wo trafen sich Unternehmensberater und ähnliche Leute zum Bier? Es war nicht leicht, sich mit dieser Frage in der fremden Stadt zurechtzufinden. Zuerst war er in die nobleren Häuser der Innenstadt gegangen. Allerdings kam ihm der Spitzname Anti dort schon bald unangebracht vor. Die Kleine mit dem Rucksack schien kaum älter als zwanzig zu sein. Bruno entdeckte scharenweise Cafés und Kneipen mit jungen Leuten. Er fand, daß dort auch ein Name wie Anti schon leichter vorstellbar war.

Jemand fragte ihn nach dem Grund seiner Suche. Bruno sprach gut deutsch und deutete an, daß er Anti, den er persönlich nicht kannte, im Zusammenhang einer Erbschaft suche. Kein Wirt aber, keine Bedienung und kein Gast, den er fragte, konnte ihm einen Hinweis geben. Ein andermal saß er bei einer Gruppe bunt gekleideter Leute in einem Straßencafé. Er sprach einen jungen Mann an. Der schüttelte nur den Kopf. Doch sein Nachbar hatte eine Idee.

„Anti? Meinst du vielleicht die Antifa?"

Auf die Idee, Anti könne auch eine Frau sein, war Bruno noch nicht gekommen. „Wo finde ich denn Antifa?"

„Das ist doch eine Abkürzung für Antifaschisten. Frag' einfach im Juzi."

„Und wer ist Imjuzi?"

„Es heißt Juzi, Mann. Das bedeutet Jugendzentrum Innenstadt."

Er ließ sich die Adresse sagen und machte sich auf den Weg. Es war etwa neun.

In dem Haus herrschte reger Betrieb. Von den Individuen, die sich hier tummelten, unterschied ihn schon die Kleidung. Seine helle Kombination aus Sacko und Stoffhose stach aus der Umgebung heraus. Alle anderen im Haus schienen Kleidung zu tragen, die draußen als ungewohnt galt.

Als Bruno einen Flur betrat, bauten sich zwei Kerle vor ihm auf. Er suchte keine Konfrontation und sagte nur sein Sprüchlein. Einer der beiden schaute ihn mißtrauisch an.

„Anti was?"

„Ich suche jemand mit dem Spitznamen Anti." Keiner der beiden ließ eine Reaktion erkennen.

„Und was willst du hier?", fragte ihn der größere der zwei Männer.

„Jemand hat mir gesagt, vielleicht hieße Anti in Wirklichkeit Antifa." Plötzlich kam Bruno sich töricht vor.

„Was quatscht der da?" Der zweite tippte sich an die Stirn. Bruno fand selbst, daß er Zeit verlor. Er war dann gegangen. Die beiden hatten dennoch darauf bestanden, ihn aus dem Haus zu begleiten. Verärgert hatte Bruno es geschehen lassen und beschlossen, die Suche abzubrechen.

Zurück bei der Wohnung, die er beschattete, war dann in der vergangenen Nacht Langeweile ausgebrochen. Er hatte im Auto gesessen. In dieser Gegend war nichts los, und er riskierte einzuschlafen. Die Wohnung oben im dritten Stock schien leer zu sein. Kein Licht war im ganzen Stockwerk zu sehen.

Er stieg aus und ging zum Gebäude hinüber. Die Anwaltsbüros im Erdgeschoß und im ersten Stock waren offenbar leer. Nur in der Kellerwohnung brannte ein Licht hinter einem getönten Fenster. Als er hinsah, erlosch es.

Er betrat das Grundstück und stieg die steinerne Außentreppe hoch zur Haustür, die nur angelehnt war. Die hölzerne Treppe im Haus knarrte schon beim ersten Schritt, den er darauf machte. Bruno bewegte sich vorsichtig. In jeder Etage gab es nur einen Wohnungseingang. Vom zweiten Stock an war der Aufgang fast nur noch halb so breit wie unten und knarrte dafür um so mehr.

Bruno stand vor der Dachgeschoß-Wohnung. Als er auf die Türklinke drückte, öffnete sich die in windschiefen Angeln hängende Tür von allein.

Der fensterlose Raum, den er betrat, hatte Türen nach allen Seiten. Bruno untersuchte die Zimmer. Es waren vier plus Küche und Bad. Ein Bett gab es in dreien der Räume, der vierte war ein Atelier mit einer Werkbank und Arbeitsgeräten. Bruno kontrollierte jeden Raum genau, aber mit sinkender

Zuversicht. Das am meisten benutzte Zimmer schien einem Kind zu gehören. Bruno gab auf. Wer ließ schon eine Wohnung offen und ein Vermögen darin liegen? Hier gab es nichts zu holen.

Als er wieder im Fahrzeug saß, war es keine Sekunde zu früh. Ein südländisch wirkender Typ kam des Wegs und betrat das Haus. Das war doch bestimmt dieser Manuel Rodriguez aus Valentins Mietvertrag. Er war dann aber nicht lange geblieben. Bald darauf hatte Bruno gesehen, wie Manuel bei einem anderen Typen in den Kleinwagen stieg und wegfuhr. Danach war die Nacht ohne nennenswerte Ereignisse vergangen.

Bruno trat den Stummel auf dem Fußweg aus. Er war ratlos. Dies war der größte Coup seines Lebens gewesen. Sein letzter sollte es sein. Ein seltener Glücksfall korrekten Timings beim Beschaffen der Informationen und auch bei der Ausführung, aber es war kein Meisterstück. Sonst hätten sie nicht diesen Patrick gebraucht.

Henri war ein solider Handwerker ohne viel Phantasie und Skepsis. Letztlich tat er, was Bruno ihm sagte, nur eben nicht in Antwerpen, wo es wichtig gewesen wäre. Seine Hektik hatte er wohl selbst bei der Legion nicht ablegen können. Bruno hatte ihm deutlich gesagt, er solle den Koffer nicht aus den Augen lassen, ihn nicht einmal aus der Hand legen. Jetzt war der Coup fast achtundvierzig Stunden her, und seitdem jagten Henri und er vergeblich nach den Diamanten, die sie schon erbeutet hatten. Es war zum Haareraufen. Bruno zückte das Telefon und wählte Henris Nummer. Grimmig stellte er fest, daß der Anschluß ausgeschaltet war. Er verfluchte die Stimme des automatischen Ansagedienstes. Er verfluchte Henri. Wenig später wählte er abermals. Diesmal meldete Henri sich gleich.

„Ich war vorhin am Haus der Kleinen", sagte er. „Da wohnt noch eine Frau, wohl die Mutter. Aber im Haus habe ich gut aufgeräumt, da gibt es keine Spur von mir."

„Die Göttinger Wohnung ist für uns uninteressant."

„Was ist denn mit diesem Anti?", wollte Henri wissen. Unwillig rief sich Bruno seine Suche ins Gedächtnis.

„Ich habe hier keinen Anti gefunden." Ihm kam eine Idee. „Wo bist du denn jetzt?"

„Vor Valentins Haus."

„Geh rein und starte seinen Computer."

„Wie mache ich das denn?"

„Du drückst auf den großen roten Knopf am Rechner und auf den Schalter am Bildschirm. Wenn du soweit bist, rufst du mich noch einmal an."

Fünf Minuten später war Henri wieder am Telefon.

„Jetzt sag mir, was du siehst."

„Der Bildschirmhintergrund ist grün. Darauf befinden sich kleine Symbole mit einem noch kleineren Textfeld darunter. Der größte Teil des Bildschirms besteht aus einem Fenster, das Explorer heißt. Unten am Rand des Bildschirms ist eine Leiste zu sehen, in kleine Felder unterteilt."

„Weißt du, wie du die Maus bedienst?" Henri bejahte. Bruno sagte: „Dann schau dir jetzt mal dieses Fenster namens Explorer genauer an. Es hat zwei Flügel. Findest du den Buchstaben C in dem linken Flügel?" Henri fand ihn problemlos. „Klick zweimal in schneller Folge mit der linken Taste der Maus darauf. Was siehst du jetzt?"

„Unter C erscheinen eine Reihe gelber Kästchen mit Namen."

„Lies mir die Namen der Ordner vor."

„ABC, Acrobat, Adobe, Arcon, Clipart, Corel, Excel ..."

„Stopp, das reicht. Doppelklick auf ABC. Was passiert denn nun?"

„Darunter erscheinen jetzt andere Ordner mit eigenen Namen. Oben steht das Wort Arbeit, dann kommen Dokumente, dann Leute und dann Spiele."

„Mach mal den Ordner Arbeit auf."

„Da gibt es wieder neue Ordner mit den Namen Angebote, Aufträge, Muster und Zahlen."

„Angebote."

„Nochmal zwei Ordner: Adressen und Aktivitäten. Bei den Aktivitäten gibt es keine neuen Ordner, aber jede Menge Dateien."

„Siehst du darüber einen Knopf namens ,Geändert am'? Drück diesen Knopf doch mal. Was hat er denn zuletzt gespeichert?"

„Da ist eine Datei von vorgestern: 000508 Ingo Schröter."

„Mach die Datei auf, mit Doppelklick."

„Ein Brief an einen Dr. Schröter. Der hat wohl eine Agentur."

Der Brief enthielt nichts, was für sie aufschlußreich war. Bruno ließ sich nur Schröters Adresse geben. Noch eine andere Datei konnte Henri öffnen. Sie enthielt ein Konzept für die Pressearbeit eines Baustoffherstellers namens Bartels, das vorgestern per E-Mail versandt worden war. Bruno notierte auch hier die Adresse. Versuche, noch mehr Dateien zu öffnen, scheiterten aber an ihrer Sicherung durch ein Codewort. Nicht kodiert waren nur die beiden vorgestern gespeicherten Dateien.

Danach rief Bruno die Auskunft und dann sofort Ingo Schröter an. Die Stimme am Empfang ließ einen jungen Mann erkennen. Bruno hatte sich vorbereitet.

„Martens ist mein Name von der Firmengruppe Bartels. Ich möchte mit Dr. Schröter sprechen."

„Darf ich bitte den Grund erfahren?"

„Ich weiß, daß Herr Valentin Altroge für Ihre Agentur arbeitet. Nun, ich bin auch ein Kunde von ihm, und ich muß ihn dringend sprechen. Ich dachte, Herr Dr. Schröter könnte mir weiterhelfen." Der Hinweis auf das Kunden-Verhältnis funktionierte gut. Bruno wurde durchgestellt. Schröter konnte ihm wirklich helfen.

„Mir ist bekannt, daß Herr Altroge oft nach Göttingen fährt. Aber er hat da kein Telefon. Ich kann Ihnen nur die Nummer seines Mobiltelefons sagen."

Bruno notierte die Telefonnummer, dankte dem Mann, legte auf und wählte eilig die aufgeschriebene Zahlenfolge. Der Anschluß war aber nicht eingeschaltet. Abgespannt lehnte Bruno sich im Autositz zurück.

12

Heute war die Schule gar nicht so schlecht gewesen. David hatte Christians Pokémon-Karten anschauen dürfen. Eine davon hatte Christian ihm sogar geschenkt. Er hatte Coregatabs dreifach gehabt, und der hatte zweihundert Kraftpunkte!

Viele Kinder in der Klasse besaßen schon eigene Karten. Nur David und ein paar andere hatten noch keine richtige Sammlung. Denn Mama und Papa sagten beide, die Karten wären viel zu teuer. Dabei waren in jeder Tüte elf, und eine Tüte kostete noch nicht einmal zehn Mark. David fand das nicht viel zu teuer. Er würde einfach keine Ruhe mehr mit diesem Thema geben. Es war bestimmt wie immer nur eine Frage des passenden Augenblicks.

Meist verstanden die Erwachsenen gar nichts von dem Spiel. Als David es Papa neulich erklärte, hatte er aufmerksam zugehört, aber nichts begriffen. Aus Spaß hatten sie dann gemeinsam neue Figuren erfunden. Die Namen, meinte Papa, klängen wie keltische Götter bei Asterix.

Da draußen vor dem Eingang stand Papa!

Das hatte er gestern doch gar nicht gesagt. Eigentlich sollte David heute nach der Schule bis um vier Uhr im Kinderhort bleiben. Wieso war Papa überhaupt hier? Es war doch gar kein Wochenende. Ob sie wohl heute wieder in seine Wohnung hineingehen konnten?

„Hallo, mein Großer, Überraschung. Du wunderst dich, daß ich hier bin, nicht wahr?" Papa schloß ihn in die Arme und hob ihn dabei etwas hoch. David hatte gleich eine gute Idee.

„Gehen wir in die Stadt?" Dafür war Papa immer zu haben. Vielleicht ließ sich heute mehr erreichen.

„In die Stadt, meinst du? Wohin willst du denn?", fragte er, als fände er die Idee erschreckend.

„Wir könnten uns ins Café setzen und eine Cola trinken." Auf dem Weg zur Innenstadt gab es nämlich ein Spielgeschäft.

„Dazu brauchen wir doch gar nicht in die Stadt zu gehen. Es gibt ein Café gleich zwei Straßen weiter. Da ist es sehr gemütlich", sagte Papa. David überdachte die Lage. Mit einem Umweg kämen sie bestimmt am Spielgeschäft vorbei.

„Na gut, dann komm, heute gehen wir ausnahmsweise mal hier entlang." Papa folgte ohne Einwand. „Weißt du", setzte David an, als das Geschäft in Sicht kam, „ich habe da nämlich eine Idee." Papa hörte nicht zu. David wiederholte es, abermals ohne Erfolg. Er blieb stehen, die Fäuste in seine Hüften gestemmt. „Mir sagst du immer, ich soll zuhören, wenn du mit mir redest. Dann mußt du es selbst aber auch tun." Papa schaute entgeistert. „Tut mir leid. Was sagst du? Was für eine Idee?" Schon kamen sie vor dem Laden an.

Statt einer Antwort ging David zum Schaufenster hinüber. Bestimmt würde Papa gleich begreifen, um was es hier eigentlich ging. Aber er blieb in einigen Metern Entfernung auf dem Fußweg stehen. David mußte ihn rufen. Papa trat näher, mit starrem Blick auf das Schaufenster. David entschied sich für einen eher indirekten Weg.

„Wir gehen einfach rein und schauen, was es Neues gibt." Papa kam mit, ohne jeden Protest. David war angenehm überrascht. Im Geschäft würde sich schon eine Lösung finden. Drinnen ging er gleich auf die Tüten mit den Karten zu. Er nahm ein paar aus der Kiste und schaute Papa fragend an.

„Alle Kinder in meiner Klasse haben schon Pokémon-Karten." Alle war übertrieben. „Kannst du mir nicht auch welche kaufen?"

Papa hatte ihm diesmal wirklich zugehört, und was er jetzt tat, war sensationell. Er griff nur in seine Tasche, holte das Portemonnaie heraus und fragte den Verkäufer, was er zahlen mußte. Es waren fünf Tüten! Papa faßte David an der Hand, und sie verließen das Geschäft. Er konnte es kaum glauben.

Beim Weitergehen steckte David wie so oft seine Hand in Papas Hosentasche. Als er sie tiefer hineingleiten ließ, stieß er mit den Fingern an einige glatte Steine. Er griff sie und zog die Hand heraus. Papa hatte drei richtige Edelsteine in der Tasche!

„Die sind nur aus Glas", sagte Papa gleich. Dabei funkelten sie so, wie es wertvolle Diamanten tun. Papa steckte sie wieder ein.

„Kannst du mir dann einen schenken?"

„Es sind aber gar nicht meine Steine", sagte Papa bedrückt.

„Sie sind so schön", flehte David. Papa schaute ihn hilflos an. Dann lächelte er, aber so, als wäre ihm gar nicht danach.

„Also gut, mein Lieber, ich kaufe dir jetzt noch ein paar Edelsteine." David war Feuer und Flamme. Er kannte auch ein Geschäft, das solche Steine verkaufte. Bisher hatte er es nicht geschafft, Papa dort hinzubringen. Erstaunlich, wie einfach es jetzt war, und das nach den fünf Tüten Karten, die David schon bekommen hatte.

Papa hielt ein Taxi an. Dabei war es doch gar nicht weit bis zu dem Geschäft. Er sagte nur, er wolle sich lieber fahren lassen. Wo war eigentlich Papas Wagen?

„Der wird repariert. Er steht in der Werkstatt. Ich kann ihn erst übermorgen holen." Papa hatte neben David fast quer auf der Rückbank Platz genommen und seinen Kopf an ihn gelehnt.

„Aber du bist damit doch auch hergekommen?"

„Ja, und erst hier habe ich gemerkt, daß die Kupplung nicht gut funktioniert."

„Was ist eine Kupplung?"

„Bei einem Auto verbindet die Kupplung den Motor mit den Rädern. Die Kupplung vermittelt die Kraft des Motors auf den Antrieb des Wagens."

„Dann funktioniert eine Kupplung so ähnlich wie ein Geschäft", sagte David. Papa hob den Kopf und starrte ihn fassungslos an.

„Ein Geschäft? Wie kommst du denn darauf?"

„In einem Geschäft wird auch vermittelt." David wußte selbst nicht, wie er darauf gekommen war. „Wir holen doch meine Edelsteine auch nicht aus dem Boden, sondern gehen in ein Geschäft und kaufen sie dort."

Jetzt grinste Papa mit weit aufgerissenen Augen. „Du hast völlig Recht. Im Auto machen Motor und Räder miteinander Geschäfte, und sie brauchen dafür Vermittler. Das ist auch im Leben oft so." Papa kicherte, David auch. Er wußte nicht genau warum.

Heute war Papa sehr freigiebig. Als hätte es die fünf Tüten, die David in seiner Tasche festhielt, gar nicht gegeben, durfte er sich jetzt noch drei Steine aussuchen. Papa blieb die ganze Zeit am Tresen im hinteren Teil des Geschäfts. David entschied sich für zwei rote und einen blauen Stein. Fast feierlich bedankte er sich.

Als sie auf die Straße traten, schaute Papa nach links und rechts. Die Cola konnten sie, meinte David, in dem kleinen Café einige Häuser weiter trinken, wo sie bei Sonne schon so oft zusammen gesessen hatten. Papa war nicht begeistert. Auf jeden Fall wollte er nicht in der Sonne sitzen, sondern im Innern des Cafés an einem der hinteren Tische. Egal. Nur war es mit ihm heute eigentlich recht langweilig. Die ganze Zeit krauste er die Stirn und war gar nicht richtig da. Bestimmt machte er sich wieder Sorgen wegen irgend einer Arbeit. Mama sagte, Papa mache sich die Sorgen selbst. Als David ihn danach fragte, schüttelte er aber langsam den Kopf und sagte:

„Die Arbeit läuft gut, ich habe im Augenblick eher zu viel zu tun." Ein Glück, denn Papas Arbeitssorgen konnten ihm jede Stimmung verderben, manchmal sogar in den Ferien. Dann erzählte David ihm, wohin er mit Mama dieses Jahr in Urlaub fahren wollte.

Als sie ihre Cola getrunken und an der Theke bezahlt hatten, rief Papa schon wieder ein Taxi, um ihn nach Hause zu bringen. Wie auf der Hinfahrt ließ er sich im Sitz tief nach unten rutschen.

„Kommst du mich morgen auch wieder von der Schule abholen?"

„Das glaube ich nicht. Vielleicht bin ich morgen auch schon wieder in Hamburg."

„In welche Wohnung gehst du denn heute?", wollte David noch wissen. Papa schien ganz besorgt.

„Ich glaube, mit meiner Wohnung wird es noch einige Tage dauern. Im Moment wohne ich im Hotel."

Das Hotel hätte David gerne noch gesehen. Aber es war schon vier, und er mußte wieder nach Hause.

„Ich ruf' dich heute abend an, versprochen, kleiner Mann!" Manchmal reimte Papa gern. Beim Abschied lächelte er wie immer. David nahm ihn in den Arm. Hoffentlich blieb er so fröhlich. David drückte, so fest er konnte.

13

„Tschüß, mein Großer, bis heute abend!" Durch die sich schließende Tür winkte Valentin dem Jungen nach. Auf der Fahrt zum Hotel beschloß er, David vorläufig nicht mehr zu treffen. Am Tresen des Mineralienhandels war ihm aufgegangen, in welche Gefahr er David brachte. Wenn der Goliath, der vor Valentins Haus stand, herausbekam, daß er ein Kind hatte, konnte der Kerl versucht sein, David als Hebel für eine Erpressung zu nutzen. Valentin erschauerte.

Auch er selbst durfte sich in der Stadt ohne Not nicht mehr zeigen. Was tat er hier eigentlich noch? Den Kontakt mit Franck wegen der Diamanten konnte er überall aufnehmen. Aber war es nicht besser, hier zu bleiben und ein wachsames Auge auf Goliath zu haben? Hinzu kam, daß seine Wohnung in Hamburg ihm auch keinen besseren Schutz bieten konnte. Die Falle war schon zugeschnappt. Nur hatte der Jäger die darin gefangene Maus noch nicht entdeckt. Valentin legte sich rücklings aufs Bett.

Was konnte er tun? Er konnte versteckt bleiben, bis zum Verkauf der Diamanten. Und dann? Er drehte sich auf die Seite. Man setzte sich in solchen Fällen wohl nach Lateinamerika ab. Der ganze Vorgang des Versteckens ging in dem Verb ‚sich absetzen' auf. Mehr noch: Er bestand nur aus dem Wort, er war nur eine Illusion, dachte Valentin. Niemand setzte sich im Jahre 2000 einfach in fremde Kontinente ab. Zumindest hätte er nicht gewußt, wie das anzustellen ist. Auch mangelte es ihm an Erfahrung im Befördern von Geldkoffern über die Grenze und dem Einrichten von Schweizer oder Luxemburger Nummernkonten. Er drehte sich zur anderen Seite. Ihm fiel auf, daß er vieles, was er über seine Lage eigentlich zu wissen glaubte, nur aus Spielfilmen kannte. So betrachtet, gab er die Rolle des Guten in Bedrängnis. Es war die Stelle im Film, an welcher der naiv in Gefahr Geratene in einer anderen Stadt auf einem Hotelbett liegt und seine heikle Lage bedenkt. Einer Figur im Film würde das Nachdenken möglicherweise auch Antworten bringen.

Als er - unsicher in Ort und Zeit - erwachte, hatte er Hunger. Er orientierte sich im Zimmer. Heute war Mittwoch, aber das hatte nichts zu bedeuten. Achtzehn Uhr dreißig Minuten. Er setzte seine Kappe und die Sonnenbrille auf. Ohne Eile fand er in der Fußgängerzone noch mehrere offene Schnellrestaurants. Er aß Fisch. Sein Teller war schon halb leer gegessen, als er den Blick zum ersten Mal wieder hob.

Neben dem Tisch, ein Tablett in der Hand, stand mit dem Rücken zu ihm Evelyne. Valentin spürte den angenehmen Schauer, und sein Herzschlag wurde fühlbar.

„Vous avez rendez-vous, Madame?"

Sie wandte den Kopf in seine Richtung, lachte ihn an, stellte ihr Tablett neben seins und nahm ihm gegenüber Platz.

„Schön, dich zu sehen!", sagte sie. Das fand Valentin auch.

„Heißt es nicht, schön zu sehen dich?", griff er ihr vertrautes Spiel auf.

„Nein, das ist englisches Deutsch." Still lächelten sie einander eine Weile an. Etwas an Evelynes Ausstrahlung beeindruckte ihn besonders. Es war diese Verschmelzung von Zwanglosigkeit und jener Haltung, die Valentin als klassisch damenhaft empfand, was er freilich nicht ohne Bedenken ausgesprochen hätte.

Ausgesprochen wurde an diesem Tisch überhaupt recht wenig. Scharenweise aber flatterten wortlose Botschaften hin und her, schien es ihm. In diesem Moment gab es in Valentins Kopf außer der Wirklichkeit keinen Platz mehr für bange und auch nicht für andere Gedanken.

„Wir haben durchaus die Mittel, Sie zum Sprechen zu bringen", sagte sie in Anspielung auf die Rolle des feindlichen Deutschen in manchen vaterlandsliebenden Spielfilmen aus ihrer Heimat. Ihr Humor schien ihm vertraut. Sie plauderten jetzt wieder. Auf ihr gestriges Treffen im Juweliergeschäft aber spielten beide nicht an.

„Pass auf dich auf", sagte sie beim Abschied vor dem Schnellrestaurant. Ein intensiver Ausdruck ihrer braunen Augen unterstrich ihre Ernsthaftigkeit. Sie legte sacht ihre Lippen auf seine und flüsterte: „Bis bald."

„Ich melde mich", gab er zur Antwort.

Melden, fiel ihm ein, als er ihr nachschaute, wollte er sich auch bei Ingo und David. Er erreichte den Kleinen vor dem Zubettgehen. Sie würden sich am nächsten Tag nicht mehr treffen, sagte Valentin ihm.

Hingegen mußte er Ingo morgen endlich erreichen. Den Akku seines Mobiltelefons konnte er gleich heute abend laden. Er ging ins Hotel und schloß das Gerät mit dem Zubehör-Kabel an die Steckdose an. Wackelig hing am anderen Ende der Anschlußstecker im Gerät. Er legte ein Buch als Stütze darunter und bewegte sich mit aller Vorsicht von seinem Arrangement auf dem Fußboden fort. Später kontrollierte er die Steckverbindung.

Er fragte sich, ob der kurze Versuch den Ladezustand des Akkus schon aufgebessert haben konnte und stellte das Gerät betriebsbereit

Da tönte der Apparat. Als Valentin das Gespräch annehmen wollte, hörte er es in der Leitung knacken. Danach war sein Telefon schon wieder nicht zu gebrauchen. Valentin baute die Ladevorrichtung gleich wieder auf dem Fußboden auf. Auf Zehen schlich er aus dem Zimmer. Er hatte keine Ruhe. Er mußte wissen, was Goliath tat.

Er ließ sich per Taxi zu dem Schuppen bringen, in dem sein Auto stand. Er holte den Müllsack mit den Diamanten heraus, beförderte die Steine aus der Hosentasche zurück in ihre Beutel und verstaute den Müllsack in einem Schrank. Es war zwar möglich, daß der Goliath den Wagen kannte, aber Valentin wollte bei seiner Beobachtung lieber motorisiert sein.

Vom Waldrand östlich seiner Wohnung steuerte er den Wagen die Straße bergab. In Höhe eines Tennisplatzes fand er eine Parkbucht zwischen dichtem Baumbestand. Dort stellte er den Wagen ab und ging mit der schon gewohnten Kappe zu Fuß die Straße hinunter. Ihr Verlauf gestattete ihm eine frühe Sicht auf den Mann, den er jetzt Goliath nannte. Gerade stieg er in seinen Mercedes.

Valentin flitzte zu seinem Wagen zurück. Er mußte fahrbereit bleiben. Kaum hielt er am Straßenrand in einiger Entfernung zu Goliaths Auto an, da verließ der Mercedes die Parklücke. Valentin zwang sich abzuwarten, bis das andere Auto an einer Biegung der Straße verschwand und fuhr ihm dann nach. Er folgte ihm durch das Ostviertel. Auf dem Kreuzbergring schien Valentin die Abendsonne ins Gesicht. Zum Schutz vor Goliaths Blick in den Rückspiegel wahrte er Abstand. Mäßiger Verkehr erleichterte ihm die Verfolgung. Wohin aber fuhr der überwachte Bewacher?

Am Klinikum fing Valentin an zu spekulieren. Als Goliath dann Richtung Zubringer zur Autobahn abbog, war Valentins Verdacht bestätigt. Goliath hatte wohl aufgegeben. Ob dies Valentins Punktsieg war, schien ihm sehr ungewiß. Er konnte sich nicht ewig verstecken. Er fuhr noch bis Northeim hinter dem Mercedes her, kehrte dann um, fuhr zurück zu seinem Verschlag, verstaute den Müll-Diamanten-Sack unter dem Fahrersitz und fuhr zum Hotel.

„Ich reise ab", informierte Valentin den Hotelportier. Er ging auf sein Zimmer, baute die Akku-Ladevorrichtung ab und nahm sein Gepäck. Dann zahlte er und fuhr zu Evelyne. Vor ihrer Tür wischte er alle Zweifel fort. Als sie öffnete, trat er ein, und sie schloß die Wohnungstür. Sie schaute ihn gutgelaunt an. Er faßte sie bei den Schultern.

„Ich möchte mich bei dir bedanken. Es wäre schön, jetzt hier zu bleiben. Nur ist da etwas, das mich bedrängt, und ich muß mich dringend darum kümmern. Zum Glück bin ich in der Sache um ein, zwei Schritte voraus. Jetzt muß ich nach Hamburg und jemanden treffen. Ich werde den Mann davon überzeugen, daß ich nichts für ihn tun kann. Danach habe ich Zeit." Er machte eine Pause und fügte hinzu: „Ich würde gerne bald wiederkommen." Das sollte eine Frage sein. Unwillkürlich hatte sie beim Zuhören die Luft angehalten und ließ sie jetzt zischend heraus.

„Puh. Deine Geschichte kommt mir halbfertig vor. Aber ich bin sicher, daß sie mich nichts angeht." Sie blickte ihn entschieden an. „Ich sagte es schon, pass auf dich auf." Eine Pause. „Wann möchtest du wiederkommen?"

„In einigen Tagen. Wir telefonieren?" Sie nickte.

„Für manche Fälle", sagte sie langsam, „gibt es spezialisierte Behörden." Er schätzte ihre Diplomatie und antwortete schmunzelnd.

„Auf jeden Fall werde ich mich an die Instanzen halten."

Auf der Fahrt nach Hamburg dachte er nach, was er tun konnte. Er konnte nach Hause fahren. Dann würde er dem Goliath begegnen. Der würde ihn sicherlich nach den Diamanten fragen. Er müßte den Ahnungslosen spielen. Valentin hatte Zweifel, ob dieser Plan tragfähig war.

Er konnte auch einfach am hellichten Tag zum Wagen seines Bewachers gehen und ihm den Müllsack übergeben. Bei diesem Entwurf hatte Valentin noch ärgere Zweifel. Er hatte eine Szene vor Augen, in der Goliath, sobald er die Beute in Händen hielt, ihn auf der Straße vom fahrenden Wagen aus kaltblütig niederschoß.

Erste heftige Blitze begleiteten den Anbruch der Nacht. Der Autobahnabschnitt war stark befahren. Es begann zu regnen.

Also die Behörden? Erneut spielte er den Gedanken durch, die Diamanten der Polizei zu geben. Dabei mußte er dafür sorgen, daß Goliath die Übergabe ebenfalls zur Kenntnis nahm. Zugleich müßte Valentin der Polizei erklären, warum er schon so lange mit der Beute unterwegs war. Er könnte dabei - ohne zu lügen - sagen, daß er Angst gehabt hat, weil er schließlich Mitwisser ist und von diesem Goliath verfolgt wird. Mußte er dann nicht aber auch sagen, wie beunruhigt er seit Marens Verschwinden war? Und würde er ihr damit helfen?

Als ein weiterer Blitz aufflammte, nahm er die Sonnenbrille ab. Er hatte sie seit dem Abschied von Evelyne nicht mehr abgesetzt.

14

Bruno mußte Valentin auf jeden Fall aufspüren. Immer wieder sagte er sich, daß es sich lohnte, noch weitere Mittel für diese Suche anzulegen. Immerhin hatte Bruno mit der Mobiltelefonnummer vorhin jemanden erreicht, die Verbindung aber gleich wieder unterbrochen. Nur: Irgendwo steckte dieser Kerl! Hielt er sich versteckt, hatte er auch die Beute. Bestimmt versuchte er dann bereits, sie wieder loszuschlagen. Wenn er einen guten Preis erhielt, war es Bruno egal. Er würde auch Bargeld nehmen. Aber wer wird schon so einfach mehr als ein halbes Kilo erstklassiger Diamanten los? Bruno verbannte den Gedanken. Der Wärme des ausgehenden Tages folgte ein heftiges Gewitter.

Bruno unterdrückte seine Eile. Er hielt auf einer Raststätte und tankte den Wagen voll. Danach parkte er ihn und besuchte die Gaststätte. Die Frau an der Kasse des Selbstbedienungs-Restaurants fand er viel zu langsam. Die Eier waren kalt, der Kaffee aus Pulver gemacht, und der Tisch war nach den letzten Gästen nicht abgeräumt und gewischt worden. Nach dem Essen rauchte Bruno. Den Stummel drückte er auf dem Teller in einem Rest von Eigelb aus. Er wusch sich auf der Toilette und versuchte dann noch eine Weile im Auto zu entspannen.

Göttingen war ein Fehlschlag gewesen. Nur weil Valentin dort eine Adresse hatte, mußte er sich nicht in dem Städtchen aufhalten. Dennoch war Bruno keineswegs sicher, richtig zu handeln, als er die Kieler Autobahn hinter dem Elbtunnel verließ und in den Othmarscher Kirchenweg fuhr.

In einem anderen Mietwagen saß ergeben Henri und kaute an einem Sandwich. Der Anblick des Komplizen, dessen müde Körperhaltung auf dem Autositz ihre bisher nutzlose Jagd veranschaulichte, reizte Bruno zur Provokation. Der andere hatte ihn noch nicht gesehen. Im Dunkeln schlich Bruno mit gezogenem Revolver in Henris totem Blickwinkel an den Wagen heran und kam am rechten Seitenfenster hoch, Henris Kopf im Visier. „Du pennst, Legionär", sagte er. Verdutzt starrte Henri ihn an. Bevor er etwas entgegnen konnte, sprach Bruno weiter.

„Ich nehme an, es gibt nichts Neues. Wir wechseln uns hier jetzt ab. Fahr ins Hotel und schlaf dich aus."

„Kommandier mich nicht herum. Ich mache meinen Job genau so wie du. Wir beide haben Patrick ausgewählt, erinnerst du dich?"

„Ja, aber du hast ihn ganz allein mit dem Koffer entkommen lassen." Das war zwar nicht ganz fair, aber ihrer jetzigen Lage durchaus angemessen, fand Bruno. Henri verkniff sich vorerst zusätzliche Bemerkungen. Bruno war sicher, das werde nicht ewig so bleiben. Vertrauen her, Kontrolle retour, hieß es doch. Bruno mißtraute ohnehin jedem. Mit zu viel Vertrauen war er mehrfach schlecht gefahren. Ebenso verhielt es sich mit unbesonnenen Partnern. Im Grunde konnte er sich zukünftige Unternehmen mit Henri nicht mehr vorstellen. Er stieg zu ihm in den Wagen ein.

„Was tun wir eigentlich, wenn wir ihn auftreiben?", fragte Henri. Für Bruno war das keine Frage. Immerzu benötigte Henri die Führung durch eine Autorität.

„Wir quetschen ihn aus. Ich will die Diamanten", stellte er fest. „Ich nehme an, das willst du auch", fügte er vorsichtshalber hinzu.

„Und wenn er sie gar nicht mehr hat oder nie gehabt hat?", fragte Henri weiter.

„Ich bin sicher, er hat unsere Beute. Warum betreibt er sonst Versteck mit uns?" Als Bruno sich so reden hörte, glaubte er selbst daran.

„Wir wissen doch gar nicht, ob er sich wirklich versteckt. Vielleicht ist er einfach nur in den Urlaub gefahren. Zuletzt hast du ihn doch im Auto gesehen. Woran denkst du überhaupt, wenn du ausquetschen sagst?"

„Wo sind die Steine dann?" Moralische Bedenken hatte Bruno bei Henri nun gar nicht erwartet. Er fand Henris Haltung viel zu pessimistisch. Mit dieser Einstellung konnte er genau so gut klein beigeben. Henri war jung, vielleicht zu jung und trotz allem zu unerfahren. Wenn alles vorüber war, mußte Bruno ihn jedenfalls abhängen. Er konnte sich keine Fehler mehr leisten. Henri würde eine Lektion erhalten. Vielleicht hatte er die Chance, daraus etwas zu lernen. Gleichwohl sagte Bruno: „Lass gut sein, Henri, schlaf dich aus. Ich werde dich auf dem laufenden halten."

Er sah den Rücklichtern des abfahrenden Wagens nach und richtete sich erneut auf langes Warten ein. Stand er hier wirklich an einem günstigeren Ort als zuvor in Göttingen?

Das Haus, in dem Valentin wohnte, hatte ein Stockwerk zu ebener Erde und ein ausgebautes Dachgeschoß. Er wohnte oben. Alles war dunkel. Auch unten schien niemand zu Hause zu sein. Gern hätte Bruno in Valentins Wohnung einen Sender installiert. Nur wußte er hier in Hamburg nicht, wie er die notwendige Anlage hätte beschaffen sollen. Und auch dafür war Henri nicht nützlich. Sobald Valentin gestellt war, konnte Bruno auf Henri verzichten.

15

Valentin fuhr auf der linken Spur. Der Tacho zeigte fast zweihundert. Plötzlich fiel ihm auf, daß er viel zu schnell vorankam. Den Goliath zu überholen, mußte nicht nur zwecklos sein, sondern auch gefährlich. Zudem gab es eine winzige Chance, daß Goliath wirklich davon abließe, Valentin zu verfolgen. Doch daran wagte er nicht zu glauben. Er versuchte, sich zur Ruhe zu zwingen, nahm den Fuß vom Gaspedal, wechselte die Spur und schwenkte zwischen zwei Lastwagen ein. Auf dieser Spur fuhr er weiter bis zu einer Raststätte.

Ihm fiel Marens Schilderung der Schießerei am Hauptbahnhof ein. Was genau war da eigentlich passiert? Noch war heute Mittwoch, dachte Valentin. Die Schießerei war spät abends am Montag geschehen. Um diese Zeit war die Redaktion für die Dienstagsausgabe der Tageszeitung vermutlich schon geschlossen. Der erste Bericht über den Vorfall mußte in der heutigen Zeitung stehen.

Am Kiosk erstand er das Abendblatt. Der Bericht stach ihm gleich auf Seite eins entgegen. Auf dem Bild wurde ein ohnmächtiger Polizist aus der Bahnhofshalle getragen. Er war auch zum Zeitpunkt des Berichts noch nicht aussagefähig gewesen. Die Zeugen des Ereignisses, überwiegend Bahnreisende, hatten nur einen Schuß gehört. In der Halle war sofort Panik entstanden. Ein nicht identifizierter Mann war von dem Schuß getroffen worden. Offenbar war der Mann in eine Klinik gefahren worden. Der Bericht enthielt keine weiteren Angaben zu seinem Befinden oder Verbleib. Ein zweiter Polizeibeamter war niedergeschlagen worden. Er hatte mit dem mutmaßlichen Schützen gekämpft. Den flüchtigen Mann beschrieb er als außergewöhnlich groß mit kurzen blonden Haaren, blauen Augen, zirka fünfzig Jahre alt. Zum Zeitpunkt der Tat trug er ein helles Sakko mit blauem Hemd, eine helle Stoffhose und hellbraune Lederschuhe. Das Gesicht auf dem Phantombild daneben – Valentin war nicht überrascht – zeigte seinen Goliath. Ein verschwundener Koffer jedoch wurde an keiner Stelle erwähnt.

Der größte Teil des Speiseraum der Raststätte war abgesperrt. Valentin war der einzige Gast. Er nahm ein Sandwich und Orangensaft und steuerte auf einen der beiden erreichbaren Tische zu. Jemand hatte auf einem der Teller eine Zigarette in den Resten eines Spiegeleis erstickt. Er setzte sich an den anderen Tisch und nahm seine Mahlzeit ein. Nach dem Essen holte er sich einen Becher Kaffee. Er hatte Zeit.

Die gläserne Außenwand gab den Blick auf die nächtliche Raststätte frei. Valentin setzte sich auf. Mit den Augen erfaßte er einen optisch unaufdringlichen Punkt im Grau einer Lastwagenplane. Er senkte die Hände auf die Oberschenkel und konzentrierte sich darauf, zu sehen, zu hören, den Druck seines Körpers auf den Sitz, das Gewicht seiner Hände auf den Beinen und die Berührung der Füße mit dem Boden zu spüren. Herb schmeckte der Kaffee nach. Das Brummgeräusch von der Fahrbahn wurde stärker, je mehr Nuancen er darin erfaßte. Die Nachtbeleuchtung vor dem Fenster zeigte Details der Tankstelle nur im vorderen Bereich in Farbe, weiter hinten in Varianten von hellem und dunklem Grau bis hin zum Schwarz in Zwischenräumen des Busch- und Baumbewuchses auf der Rückseite der Fahrbahn. Der Verkehr hielt einige Vögel wach. Eben ertönte ein Dieselmotor. Dann ließ Valentin seine Gedanken vorüberziehen und hielt keinen fest. Er war friedlich.

Nach Verlassen der Autobahn näherte er sich seiner Wohnung auf einem Umweg durch Othmarschen an. Er parkte den Wagen in gebührendem Abstand und näherte sich dem Haus zu Fuß. Goliaths Mercedes entdeckte er aus einer Distanz von fünfzig Metern. Goliath stand abgewandt in einer offenen Wagentür und rauchte. Valentin zog sich zurück. Seinen impulsiven Entschluß zu einer direkten Begegnung hatte er schon während der Fahrt wieder fallen lassen.

„Nimmt das denn kein Ende?", zischte er. Er fuhr bis nach Blankenese, stellte den Wagen in einer wenig bewohnten Straße ab, drehte die Sitzrückbank herunter und richtete sich zum Schlafen ein. Ein Griff unter den Fahrersitz bestätigte ihm, daß der Müllsack an seinem Platz lag.

Im Traum kam er mit Goliath zusammen, aber ohne jegliche Gewalt, die Valentin bei dieser Begegnung befürchtete. Sie saßen im Vorführraum eines Kinos. Goliath zeigte ihm einen Film, in dem es um das Verschwinden von Personen und Reichtümern ging. Seine Stimme klang unbeteiligt. Aber seine Deutungen dessen, was im Film geschah, beeinflußten den Verlauf der Handlung. Er hatte das alleinige Recht zur Vorführung dieses Films. Dabei lagen die Schicksale aller Beteiligten in seiner Hand. Goliaths Kommentare waren für die Figuren der Leinwand direkte Handlungsanweisungen. Valentin hörte, wie Goliath sagte:

„Wer aber verhaftet bleibt im kapitalen Widersitz, unverzüglich in Stille friedliches Hoffen begrabe."

Valentin erwachte und hatte den eigenartigen Ausspruch anfangs deutlich im Kopf, dann verlor sich die Spur der seltsamen Worte wieder. Sein Nacken schmerzte. Es war stockdunkel. So konnte er nicht weitermachen. Nicht einmal dieses verflixte Mobiltelefon hatte er laden können. Er vertrat sich eine Weile die Beine in der parkähnlichen Umgebung. Die Nachtluft war warm genug zum Spazierengehen. Zurück im Auto gelang es ihm, noch einmal einzuschlafen.

Er erwachte um acht ohne Erinnerung an einen weiteren Traum. Um neun stand er vor Ingos Schröters Büro. Auf sein Klingeln empfing ihn Ingo persönlich.

„Gut, daß du herkommst – du warst ja tagelang nicht mehr zu erreichen", sagte Ingo, als sie es sich in seinem Büro bequem machten.

„Ich war unterwegs und das Mobiltelefon natürlich nicht aufgeladen."

„Unser Termin mit Sycam verschiebt sich um genau eine Woche. Kannst du denn am kommenden Donnerstag um zehn Uhr hier im Büro sein?"

Valentin konnte es.

„Hat dich ein Herr Martens von deinem Kunden Bartels erreicht? Der hat hier neulich angerufen."

„Was wollte er denn?" Valentin unterdrückte eine andere Frage, die er allerdings als viel drängender empfand, nämlich wie der Mann auf Ingo gekommen sein wollte. Martens war erst seit wenigen Tagen Marketingleiter bei Bartels. Nie und nimmer konnte er von Valentins Verbindung mit Ingo Schröter wissen.

„Er sagte, er wolle dich sprechen. Ich habe ihm deine Nummer gegeben."

„Die Mobiltelefonnummer?"

Welche sonst? Valentin zog es vor, Ingo für den vermeintlichen Dienst am Kunden zu danken. Wahrscheinlich hätte Valentin in einer vergleichbaren Situation auch nicht anders gehandelt. Außerdem war seine Nummer im Internet zu ermitteln. Vielleicht erwies es sich sogar als Vorteil zu wissen, daß Goliath ihn anrufen konnte. Umgekehrt aber hätte Valentin es noch besser gefunden.

Als Ingo den Raum für ein paar Minuten verlassen mußte, bat Valentin telefonieren zu dürfen. Er rief den echten Martens an. Valentins Konzept für die Medienarbeit war gut bei ihm angekommen. Was die Verwirklichung anging, verständigten sie sich auf ein Treffen in der ersten Juniwoche. Mit Ingo trank er noch einen Kaffee. Dann verabschiedete er sich und ging direkt zum nächsten Kiosk. Die Zeitung brachte ihm keine Neuigkeiten. Der bewußtlose Polizist war noch immer nicht erwacht. Erneut wurde der Öffentlichkeit Goliaths Phantombild präsentiert. Von einem Koffer war aber auch in diesem Artikel keine Rede.

Valentin ging weiter. Sollte er jetzt Goliath nicht der Polizei überantworten? Immerhin kannte er den genauen Aufenthalt. Goliath würde ihn nicht einmal zu Gesicht bekommen. Jeder Zeitungsleser konnte den Mann auf der Straße entdecken. Abschreckend aber fand Valentin den Gedanken, sich auf der Wache mit diesem Fall in Zusammenhang zu bringen. Er stolperte beim Gehen, fing sich und blieb stehen. Vor ihm gähnte ein offener Kanalschacht. An dem nebenan liegenden Deckel war sein Fuß hängen geblieben. Klopfenden Herzens dankte Valentin dem Deckel, weil er gerade da lag. Eine vorübereilende Dame machte einen Bogen um ihn. Dies schien noch nicht sein Tag zu sein. Es wurde wieder heiß.

An seinem Auto öffnete er die Heckklappe, zog seine Jacke aus und legte sie auf der Gepäckfläche ab. Er schob die in einer Schiene gelagerte Gepäck-Abdeckung zu und verschloß die Heckklappe des Kombis wieder. Dann fuhr er ins Freibad. Er schwamm ein paar Bahnen, tauchte einige Male und ließ sich dann mit seiner Kleidung zwischen zwei Sträuchern am Rande der Liegewiese nieder.

Ewig konnte er nicht untertauchen. Mit jedem Tag, den er von jenen Orten fernblieb, wo er normalerweise anzutreffen war, mußte er Goliath in seinem Verdacht bestätigen. Angesichts des Wertes der verlorenen Beute konnte Valentin damit rechnen, daß sein Jäger beharrlich sein würde.

Aber er konnte Goliath doch auch anonym denunzieren! Dennoch bliebe von dem Gespräch vielleicht eine Tonbandaufnahme erhalten. Konnte er stattdessen einen Nachbarn dazu bringen, Goliath zu erkennen und ihn anzuzeigen? Und was, wenn es keine ausreichenden Beweise oder Aussagen gab, um ihn festzuhalten? Oder wollte Valentin jahrelang in der Angst weiterleben, der andere komme wieder frei und besuche ihn unverhofft? Er fand jetzt doch, daß er zu viele Krimis las oder sah.

Er spürte den Mangel an Schlaf während der vergangenen Tage. Er mußte sein Leben wieder in normale Bahnen bringen. Er wollte Evelyne ohne Bedrängnis wiedersehen. Den folgenden Gedanken an Maren wagte er nicht fortzusetzen. Gedanken wollte er jetzt überhaupt nicht. Was er brauchte, war ein klarer Kopf und eine annehmbare Lösung seines Problems. Er müßte Goliath überzeugen, daß es bei ihm nichts zu holen gab. Valentin bremste. Unwillkürlich war er nach Hause gefahren. Seine Wohnung lag nur noch hundert Meter vor ihm. Goliath wartete dort. Valentin dachte nicht nach. Er stieg aus, holte den kleinen Koffer aus seinem Gepäck und setzte sich damit in den Wagen. Beide Schlösser des Behälters ließen sich trotz gewaltsamer Öffnung immer noch zumachen. Zumindest war es ausreichend für den oberflächlichen Eindruck eines entfernten Betrachters. Valentin gab Gas.

Als er an Goliath vorüberfuhr, hielt er den Blick auf die schmale Straße gerichtet. Der andere, so sah er im Rückspiegel, hatte ihn erkannt, sprang in den Benz, wendete und kam mit recht hoher Geschwindigkeit hinter ihm her.

Valentin kannte den Weg genau. Wenn er über die Griegstraße bis zur Friedensallee fuhr, gab es bei grüner Ampel an der Behringstraße für Goliath keine Gelegenheit, ihn zu überholen oder zu stoppen. Bis dort mußte Valentin es schaffen, eilig - ohne hastig zu wirken - vor Goliath her zu fahren. War die Ampel an der Behringstraße rot, konnte er ihr über die Liszt- und die Grünenbergstraße ausweichen. Dann mußte er zwar an der Behringstraße irregulär nach links abbiegen, womöglich in dichtem Verkehr. Das Wesentliche war jetzt, daß Goliath ihm folgte.

Die Griegstraße erstreckte sich noch über zweihundert Meter vor ihm, als die Ampel auf Grün umsprang. Valentin beschleunigte den Wagen auf sechzig und sah, daß Goliath mit noch höherem Tempo hinter ihm her kam. Der Abstand betrug etwa fünfzig Meter. Als Valentin die Ampel an der Behringstraße passierte, zeigte sie das gelbe Licht schon seit einer Viertelsekunde. Goliath kam dennoch hinterher. Im weiteren Verlauf der Griegstraße hielt er aber zum Glück normalen Abstand ein. Er schien sich seiner Beute ziemlich sicher zu sein. Von dort über die Friedensallee und die Pfitznerstraße war es nur eine kurze Strecke. Die Ampel an der Von-Sauer-Straße war glücklicherweise grün. Er fuhr über die Kreuzung in die Silcherstraße. Gleich vorn links gab es ein Polizeirevier.

Valentin hielt, verließ den Wagen, schloß die Tür und sputete sich, den Koffer in der Hand, über die Straße zum Revier, als Goliath gerade anhielt. Valentin ging auf die Wache zu.

16

Bruno hatte doch den richtigen Instinkt gehabt. Ein Jäger mußte der Beute eben beharrlich auf der Spur bleiben, sich tarnen, geduldig abwarten und im geeigneten Augenblick schnell und wirkungsvoll zuschlagen. Diese Haltung hatte er bewahrt gegen die Schwarzseherei, die Henri immerzu hätschelte. Bruno empfand sich als Unternehmer mit Verantwortung für das Geschäft. Henri war darin kein Partner mehr, Bruno kam jetzt allein zurecht.

Als er vor drei Tagen in Antwerpen ins Flugzeug stieg, war er entschlossen, sein Ziel zu erreichen. Er wußte, daß die Kräfte eines entschlossenen Menschen sich gerade durch das Zaudern der anderen Leute vervielfachten, all jener, die verfangen blieben in Wankelmut und Unschlüssigkeit. Zu wissen, was er wollte, hieß für Bruno, jene Situation vorweg zu empfinden, sie im Geiste schon zu erleben, jene Situation nämlich, in der er sich befände, wenn er Erfolg hatte. Lag das Ergebnis seines Strebens einmal ganz genau vor Augen, dann konnte er gewissermaßen von dort den Weg zurückverfolgen, der ihn zu seinem Ziel führte.

Es war wie bei diesem Zauberer, dessen Interpretation ihn vor Jahren beeindruckt hatte. Der Mann hatte unter zwölf umgedrehten Eierbechern denjenigen herauszufinden, unter dem eine Kugel lag. Das Publikum kannte die Lage der Kugel, er natürlich nicht. Seine Marotte war Telepathie. Er sagte den Leuten, sie müssen sich konzentrieren, sie müssen an den richtigen Eierbecher denken, dann werde er ihre Nachricht empfangen und den Becher finden. Er machte das nach einem Ausschluß-Prinzip. Er nahm immer einzelne Becher weg, von denen er behauptete, sicher zu sein, daß sie nicht die Kugel bargen. Was der Typ wirklich tat, war Bruno völlig egal. Sollte er doch geschummelt haben. Beachtlich hatte Bruno gefunden, was der Mann gesagt hatte, als nur noch drei Becher vor ihm standen. Er wandte sich ans Publikum und sagte:

„Bitte denken Sie jetzt an Applaus! Warum? Weil Applaus das Ergebnis sein wird, wenn ich gleich die leeren Becher entferne, die Kugel aufgedeckt und mein Kunststück vollendet haben werde."

Vom Ergebnis her zurückdenken! Die Idee hatte Bruno derart überwältigt, daß er daraus ein verschwiegenes Lebensmotto gemacht hatte. Mochte der Zauberer doch ein Schwindler gewesen sein, was er sagte, war richtig.

In den vergangenen drei Nächten gestattete Bruno sich nie, an dem Plan zu zweifeln. Wenn er müde wurde, rechnete er seine Wartezeit in Stundenlohn um, den die Beute ihm dafür versprach. Die Idee hielt ihn wach. Auch ging er die verschiedenen Varianten durch, wie er Valentin begegnen konnte. Das Programm enthielt die Entführung aus einer Menschenmenge mit gezücktem Revolver, es enthielt den Würgegriff aus einem Hinterhalt, es enthielt die gleichwohl kühle Argumentation, um Valentin sofort zu zeigen, daß er nur aufgeben konnte. Dann würde er das Versteck der Beute ansteuern, solange Valentin in Panik war. Der ganze Spielplan halt. Keine Atempause. Immer die Initiative behalten. Und jetzt hatte Bruno die Zielgerade vor sich! Es war Zeit, schnell und wirkungsvoll zuzuschlagen.

Dafür, daß dieser Valentin hier in der Straße wohnte, fuhr er ziemlich schnell. Dieser Unternehmensberater! Verhielt sich wie ein Grandseigneur, mit sechzig durch die enge Straße zu rasen! Aber Bruno hielt mit. Der Kampfhund hatte zugeschnappt. Vor der Ampel zur Vorfahrtstraße legte der Herr im Wagen vor ihm nochmal einen Zahn zu - auch ein entschlossener Typ!

Es war Bruno egal, ob Valentin ihn bemerkte. Trotzdem hielt er im weiteren Verlauf der Straße wieder normalen Abstand. Er wollte den Typ vor sich nicht unnötig beunruhigen. Aber Valentin war offenbar ganz aufs Fahren konzentriert und hatte jetzt keinen Blick für seine Umgebung. Wohin er wohl fuhr?

Ihr Weg unterquerte die S-Bahn-Strecke und folgte der Straße noch dreihundert Meter. Dann fuhr Valentin über eine große Kreuzung und hielt den Wagen an. Bruno sah ihn parken. Valentin stieg aus. In der Hand trug er - Brunos Herz tat einen Sprung - den Koffer des Diamantenhändlers!

Es tat einen zweiten sogleich, als Bruno sah, welches Haus Valentin soeben betrat. Am Eingang prangte das Emblem einer Polizeistation.

„Nee, ne?" Reglos blieb Bruno im Wagen sitzen. Die Gedanken schlugen Purzelbäume in seinem Kopf. Arbeitete Valentin an einem Auftrag der öffentlichen Hand? Als Berater? Ja, das konnte sein.

Der Mann war vielleicht für die Bullen tätig, die Polizei war ein Kunde von ihm wie andere Kunden auch. Da gab es natürlich den Dialog mit der Öffentlichkeit. Es war vorstellbar, daß die Polizei damit einen Berater beauftragte. Allerdings, gestand Bruno sich ein, saßen die Auftraggeber bei dieser Behörde nicht in dem Haus da gegenüber. Dies war eine örtliche Station in einem wenig zentralen Stadtteil.

Und außerdem war Valentin auf dem Weg hierher gefahren wie der Henker. Freilich hatte Bruno das mit ihm schon einmal erlebt, als der Kerl die Mittellinie überfahren hatte. Dies hier müßte aber schon ein sehr eiliger Auftrag gewesen sein – und das für eine lokale Polizeistation? Hinzu kam – und plötzlich fühlte Bruno sich sehr schwer – Valentin hatte den Koffer dabei gehabt! Wozu? Der Mann hatte bestimmt nicht selbst so ein Köfferchen, ein Berater hatte Dokumente größeren Formats dabei. Wozu also, wenn nicht, um ihn der Polizei zu geben? Bruno fand diese Schlußfolgerung ebenso zwingend wie bestürzend. War seine ganze Jagd vergeblich? Nur die Ruhe bewahren!

Trotz seiner Lust, auf und ab zu gehen, blieb Bruno im Wagen sitzen. Es gab Passanten und Autoverkehr, die Hauptstraße war nicht fern, und das Polizeirevier mahnte ihn zu noch mehr Vorsicht. Dauernd gingen da die Leute aus und ein.

War die Beute wirklich weg? Oder konnte es auch ganz anders sein?

Konnte dieser Mensch allen zusammen ein Schnippchen schlagen? Nicht nur Bruno und Henri, sondern vielleicht jetzt auch der Polizei? Bruno stellte sich vor, daß Valentin ihn absichtlich zur Polizei geführt hätte. Das hieße, daß Valentin ihn beobachtet haben müßte. Er wollte Bruno vielleicht nur vormachen, daß die Beute verloren sei. Und was würde er den Bullen da drinnen wohl gerade erzählen? Vielleicht: ‚Diesen Koffer habe ich gefunden‘. Leer natürlich. Bruno spürte, wie brennende Wut in ihm aufstieg. Nur die Ruhe bewahren! Nicht vergessen, daß es mehrere Möglichkeiten gab.

Mit der Zigarette setzte er sich auf den Beifahrersitz. Er öffnete die Tür und stellte ein Bein auf den Gehsteig. Ein herbeilaufender Dackel kläffte ihn an. Eine ältere Dame zerrte am Halsband, vergeblich. Fast schien es Bruno, daß der Köter ihn verpfeifen wollte. Er trat in die Richtung des Hundes. Zerren und Kläffen verstärkten sich. Ärgerlich auf ihr Tier einschimpfend, wickelte sich die Frau mit der Leine heran.

„Lass das Spitzeln, Ferdinand! Ferdi, lass das Spitzeln sein.“

Es wirkte. Bruno brummte. Die Frau entfernte sich. Ein Kleinkind nervte. Die Mutter hinterdrein. Bruno nahm den Fuß herein und schloß die Autotür.

Handeln! Er mußte Valentin unmittelbar bei Verlassen der Wache stellen. Bruno überlegte. Er warf den Motor an und verließ die Parklücke. Nach

kurzer Zeit fand er eine Seitenstraße, bog rechts ein und suchte eine neue
Parklücke.

„Schnell, Bruno, eine Lücke!" Valentin konnte in der Zwischenzeit schon
wieder verschwunden sein. Bruno bog links ein. Gegenüber verließ ein
Wagen gerade seine Parkbucht. Ein Anwärter darauf hatte sich schon auf
der anderen Fahrbahn bereit gestellt. Als der Wagen den Platz räumte, riß
Bruno sein Steuer nach links, fuhr vor dem anderen in die Lücke hinein,
setzte mit einer Gegenlenkbewegung zurück und fuhr vorwärts in die Parklücke. Der Anwärter auf den Parkplatz schüttelte den Kopf im Vorüber-
fahren.

Verschwitzt kam Bruno wieder bei der Polizeistation an. Valentins Passat
stand noch am selben Platz, der Wagen war leer, alles in Ordnung so weit.
Bruno schaute sich um. In seiner sichtbaren Umgebung gab es an die dreißig Personen. Hinzu kam Autoverkehr.

Er mußte sich eigentlich nur wie selbstverständlich verhalten. Er mußte ein
Mann sein, der etwas völlig arglos tut, der ohne Bedenken ein Ziel verfolgt.
Niemand würde denken, daß er etwas Seltsames tat. Wer doch so dachte,
den mußte Brunos Entschlossenheit überzeugen, daß es nichts zu bedenken gab. Er mußte so handeln, als sei es ganz alltäglich. Es war so alltäglich
und harmlos, daß er es in aller Öffentlichkeit und unter den Augen der Polizei tun würde.

Aus der Jackentasche kramte er Valentins Auto-Ersatzschlüssel vor. Er
näherte sich dem Passat vom Heck her und wollte den Schlüssel ins Schloß
stecken. Er paßte nicht. Bruno atmete tief aus, ging zur Fahrertür und versuchte es erneut. Die Schließanlage öffnete mit einem seufzenden Geräusch. Bruno lief zurück zum Heck, schwenkte die Tür hoch, begab sich
wieder zur Fahrertür und betätigte den Türverschluß. Die Schließanlage
ächzte erneut. Das tat sie fortan alle dreißig Sekunden. Bruno erwartete,
daß das Geräusch mit Schließen der Heckklappe verstummen werde.

Er öffnete zur Hälfte die Abdeckung der Gepäckfläche. Das Ding war
praktisch, zum Schieben. Dann setzte er sich auf die Fläche. Wenn er sich
hinter die Rückbank dicht zur Wagenmitte hin kauerte, würde Valentin
beim Fahren die hundert Kilo Mehrgewicht gar nicht bemerken. Aus den
Augenwinkeln sah Bruno niemanden auf sein Tun reagieren oder es auch
nur beachten. Er nahm die Beine auf die Gepäckfläche hoch. Dann schloß
er die Hecktür. Er langte über den Sitz zur Hintertür und öffnete das Fenster einen unscheinbaren Spalt weit. Er legte sich gekrümmt auf die Seite.

Da stand Valentins Gepäck. Er schloß die Abdeckung über sich und untersuchte das Gepäck. Praktisch nur Klamotten drin. Die Schließanlage stöhnte.

17

Hektisch näherte sich Valentin dem Eingang der Polizeistation. Er schaute sich um. Doch Goliath blieb im Wagen sitzen. Valentin hatte sich auf der fluchtartigen Herfahrt kaum darauf vorbereiten können, mit den Polizisten in der Wache auch zu reden. Ein paar Möglichkeiten hatte er allerdings im Kopf. Er konnte sich noch nicht entscheiden. Es mußte die Art Deliktanzeige sein, die aufgenommen, aber niemals geklärt und nach einiger Zeit wieder eingestellt wird. Wollte er angeben, er habe in seinem Garten eine zwielichtige Gestalt gesehen? Dann konnte er zum Beispiel einen überbesorgten Bürger mimen. Die Beamten würden ihn so wenig ernstnehmen, wie er es bezweckte. Oder sollte er vielleicht einen versuchten Einbruch anzeigen? Einen Autoblechschaden vielleicht? Er konnte einen kleinen Schaden am vorderen Kotflügel links vorweisen. Sofort fiel ihm ein, daß ihn dann ein Beamter nach draußen begleiten würde. Er würde den Schaden am Wagen vor Goliaths Augen prüfen. Dann wäre die Theatervorstellung von der Abgabe der Beute geplatzt.

Noch einmal schaute er sich zu seinem Verfolger um. Der kam ihm nicht nach. Valentin betrat einen Empfangsraum, der voller Menschen war. Sofort gab er die Überlegung auf, welche Geschichte er hier vortragen sollte.

In dem Raum hielten sich mehr als ein Dutzend Besucher auf. Auf den ersten Blick waren überhaupt keine Polizisten erkennbar. Am Tresen standen drei Menschen, die offenbar Formulare ausfüllten. Zwei weitere standen dort ohne erkennbaren Grund, und niemand kümmerte sich um sie. Jetzt erspähte Valentin zwei Beamte hinter dem Tresen. Verteilt im Raum gab es weitere Leute, die sich nicht so verhielten, wie Valentin es bei der Polizei erwartet hätte. Manche standen herum und unterhielten sich nur. Sie schienen den Raum als Aufenthaltsort, als Wartesaal zu nutzen.

Zwei seiner Nachbarn tranken Bier, ein dritter saß dösend an die Wand gelehnt. Zahllose Gesprächsfetzen erfüllten den Raum mit einem Stimmengewirr, das nicht als Bedeutung gesprochener Worte, sondern nur melodisch überzeugend war. In anschwellendem Solo forderte eine Frau, angehört zu werden. Keiner der insgesamt drei Polizisten, die Valentin an der Uniform hatte erkennen können, brachte die Zeit auf, ihrem Wunsch zu folgen.

Valentin stahl sich zum Eingang hinüber und lugte nach draußen. Goliath saß auf dem Beifahrersitz und rauchte. Ein kleiner Hund bellte ihn an – „Recht hat er", dachte Valentin.

Seine Hand, die den Griff des Koffers fest umschlossen hielt, war so feucht geworden, daß er gerne losgelassen hätte. Schließlich war er deswegen auch hier. Er wollte mit dem Koffer hinein und ohne ihn wieder hinausgehen. In der Zwischenzeit mußte er in der Wachstation verweilen. Wäre er tatsächlich hier, um die Beute abzugeben, wäre eine halbe Stunde wohl die Mindestzeit, in der eine Abwicklung dieser Prozedur glaubhaft geschehen konnte.

Valentin blieb eine ganze Weile zwischen den Leuten stehen. Schließlich stellte er den Koffer neben sich auf den Boden. Sofort hob er ihn wieder hoch. An diesem Beweisstück hafteten noch seine Fingerabdrücke! Valentin war sich zwar nicht bewußt, daß sie jemals registriert worden wären. Trotzdem. Er kramte ein Taschentuch heraus und nahm es in die Hand, mit der er dann wieder den Griff des Koffers umfaßte. Durch kleine Bewegungen wischte er den Griff ab. Dann nahm er den Koffer unter den Arm, darauf bedacht, ihn nur mit dem Stoff seines Hemdes und mit dem Unterarm zu berühren. Den Blick woanders hin gerichtet, putzte er die Oberfläche des Behälters ab. Niemand, so schien es, beobachtete ihn dabei. Dennoch schwitzte Valentin, besonders auf der Stirn und auf der Oberlippe.

„Heiß hier, nicht wahr?", sprach ihn die Solistin von eben an. „Was ist denn drin in dem Ding, an dem Sie da 'rummachen?"

„Der Koffer ist leer." Verstohlen schaute Valentin sich um. Wäre Goliath ihm in die Wache gefolgt, hätte er sein Spiel schon mit diesem Satz verloren.

„Ist kaputt, das Teil? Zeig mal her!"

Valentin drehte sich zu der heiseren Stimme um. Ein älterer Mann mit Bartstoppeln, der einen für das warme Wetter viel zu dicken Mantel trug, griff gerade nach dem Koffer. Valentin zuckte zurück. Der andere hob die Stimme.

„Brauchst doch nicht gleich Angst zu haben. Wir sind doch hier bei der Polizei. Ich nehm dir dein Köfferchen schon nicht weg."

Valentin wurde rot. Gleich würden alle sich nach ihm umdrehen. Ein Polizist würde herüberschauen und ihn laut fragen: ‚Was ist denn da los? Wo haben Sie den denn her?' So ein Quatsch, dachte Valentin und fing sich wieder.

„Lass mal gut sein, was willst du denn mit dem alten Ding?", fragte er den Mann in beschwichtigendem Ton. Sollte er ihm den Behälter einfach überlassen? Nein, wenn Goliath den anderen damit sähe, wäre das nicht in Valentins Sinn.

Erneut blickte er sich um. Er suchte ein brauchbares Versteck. Die Zugangstür stand offen. Sie würde wohl auch den ganzen Tag lang offen bleiben, so viel, wie hier los war. Der Koffer selber hatte eigentlich gar nichts Verräterisches an sich. Wahrscheinlich würde ihm niemand Beachtung schenken. Abends würde er beim Putzen auf dem Abfall landen, so beschädigt, wie seine Verschlüsse waren. Valentin schob sich zur Tür hinüber. Der Alte hatte einen anderen Gesprächspartner gefunden, aber von Zeit zu Zeit schielte die Solistin herüber. Oder spähte sie nach dem Eingang?

Valentin stellte den Koffer ab und steckte das Taschentuch ein. Dann verharrte er in der Haltung eines Menschen, der in Gedanken verloren ist und seine Umgebung nicht wahrnimmt. Niemand schaute mehr zu ihm herüber. Mit einer raschen Bewegung wandte er den Kopf zum Tresen, als sei ihm dort etwas aufgefallen. Zugleich schob er den Koffer mit dem Fuß hinter die Tür. Eine Zeit später verließ er den Bereich des Eingangs wieder und nahm einen Platz am Rand des Tresens ein.

Hier würde er seinen Erfahrungen nach ein paar Minuten herumstehen können, ohne beachtet zu werden. Er war erst zwanzig Minuten hier, einige mußten es noch werden. Als ein Beamter hinter dem Tresen sich ihm zuzuwenden schien, drehte er sich rasch weg. Er bückte sich. Verdammt, seine Schuhe hatten gar keine Senkel. Er gab vor, einen kleinen Gegenstand vom Boden aufzuheben und sogleich in die Tasche zu stecken. Da sah er, daß der Alte aufmerksam zu ihm herunterschaute. Valentin erhob sich.

„Wo hast du denn dein Köfferchen?" Der Alte hatte keine Ahnung, wie sehr die Bemerkung Valentin störte.

„Ich habe ihn da drüben abgestellt. Meine Finger haben geschwitzt." Er deutete vage in eine Richtung, ließ aber vor Ende des Satzes die Hand wieder sinken. Er hatte Glück. Durch eine Dame, die soeben die Wache betreten hatte und zum Tresen herüberkam, wurde der Alte auf andere Gedanken gebracht. Valentin zog sich zurück.

Das mußte jetzt reichen. Er konnte gehen. Nur aufpassen, daß weder der Alte noch die Solistin ihn beim Hinausgehen sahen! Langsam näherte sich Valentin der Tür. Ohne sich noch einmal umzuschauen, verließ er den Wachraum.

Als er aus dem Gebäude trat, war Goliaths Auto verschwunden. Hinter seinem eigenen Wagen stand jetzt ein roter Toledo. Valentin kam auf die Straße und schaute nach links und rechts. Goliath konnte er nicht entdecken. Er ging auf dem Fußweg einige Meter weiter, blieb stehen, kehrte um und erkundete dann die andere Richtung. Verstohlen schaute er dabei zwischen die parkenden Autos. Er beobachtete die Passanten. Indem er seine Umgebung im Panorama erfaßte, vervielfachte sich die Anzahl der möglichen Schlupfwinkel. Massenhaft Fahrzeuge, eine unübersichtliche Fülle von Menschen, Bäume und dichte Hecken, Mülltonnen, eine Litfaßsäule und eine Telefonkabine, schließlich noch die Seitenstraßen: In der Nähe konnte jeder seinem Blick verborgene Winkel Goliath als Versteck dienen.

Valentin nahm auf einer Sitzbank Platz und versuchte, sich zu sammeln. War es ihm vielleicht gelungen, seinen Verfolger zu überzeugen? Hatte der andere seinem Schauspiel tatsächlich Glauben geschenkt? Hatte er gar gefürchtet, Valentin werde mit einem Polizisten zu ihm nach draußen kommen? Ja, das konnte sein. Doch so sehr er es sich auch wünschte, er konnte nicht recht daran glauben. Nur war Goliath weg!

Valentin horchte auf die Geräusche in seiner Umgebung. Es war ein typisches Großstadt-Frühjahrs-Klangkonzert, Verkehrslärm plus Vogelgezwitscher. Sein Wagen stand ungefähr fünfzehn Meter entfernt von ihm am Straßenrand. Valentin horchte genauer hin. Die Schließanlage gab wieder dieses Jammern von sich. Seit einem Aufbruch des Autos vor Jahren waren die Schlösser der Wagentüren nicht mehr korrekt mit dem an der Heckklappe abgestimmt. Valentin mußte das Schloß beim Absperren des Wagens nicht gründlich genug betätigt haben. Die Schließanlage stöhnte. Doch das sollte jetzt nicht seine Sorge sein.

Als er den Wagen bestieg, kam er sich wie ein Dieb vor. Er konnte nicht umhin, sich dabei mehrfach umzusehen. Dieser Wagen enthielt etwas, das ihm Alpträume bescherte. Er nahm Platz. Der Müllsack lag noch unter dem Sitz. Erneut blickte Valentin sich um. Derzeit hatte er keine Idee, wohin er fahren sollte. Es wäre nicht schlecht zu wissen, ob sein Haus noch unter Bewachung stand. Aber Valentin hatte Angst. Er ahnte, daß er die

Nerven verlieren und unachtsam handeln könnte, wenn Goliath dort noch immer auf der Lauer lag.

Valentin startete den Wagen, blickte in den Außenspiegel, blinkte und verließ die Parklücke, ohne ein Ziel im Sinn zu haben. Ein ungewohntes Nebengeräusch verriet ihm, daß eine Tür oder ein Fenster offen sein mußte. Da die Innenbeleuchtung nicht brannte, mußten die Türen geschlossen sein. Beim Fahren langte er nach hinten – die Kurbel des Rückfensters gab nach, als er drehte, und das Nebengeräusch verstummte. Er blieb auf großen Boulevards und trieb planlos im Straßenverkehr. Nach einer Weile stellte er fest, daß er nichtsdestotrotz in Richtung seiner Wohnung gefahren war.

Die Liebermannstraße begrenzte die nördliche Einfahrt des Elbtunnels im Westen. Die Gegend war eher wenig bewohnt, und dichte Sträucher säumten die schmalen Straßen und Gehwege. Der in den Elbtunnel fließende Verkehr unterlegte mit seinem tiefen Dröhnen ein vielstimmiges Vogelgezwitscher, das die parkähnliche Umgebung erfüllte. Valentin wollte ausruhen. Er wollte sich die Autobahn am Übergang des Tunnels von oben anschauen. Auf der anderen Seite des Übergangs würde das Dröhnen verebben. Valentin dachte auch daran, sich auf eine Wiese zu legen und zu verschnaufen. Er hielt an und stellte den Motor aus.

Das Geräusch der Gepäckabdeckung ließ ihn herumfahren. Da hinten setzte Goliath sich auf und richtete zugleich den Revolver auf Valentins Brust.

„Du bist ein intelligenter Mensch", sagte er mit einem kaum wahrnehmbaren Akzent. „Du weißt, daß du verloren hast. Ob du dein Leben behältst, hängt jetzt davon ab, wie intelligent du wirklich bist."

Valentins Puls dröhnte in seinen Ohren, und er hörte sich stammeln: „Was wollen Sie von mir?" Der Satz klang in ihm nach, er überprüfte ihn und fand, daß er der Lage angemessen sei. Sein Mund war trocken, sein Atem ging schwer. Goliath dagegen schien ganz ruhig zu sein.

„Du hast Recht – bleiben wir sachlich. Denn jetzt ist die Vorstellung zu Ende, wir haben applaudiert, doch es war eben nur Theater. Also: Wo sind die Steinchen, wo sind meine Diamanten?"

„Was für Steinchen?" Valentin war jetzt ganz aufmerksam. Der Revolver zielte auf seine Brust. Konnte ein Schuß die Abdeckung und zwei Sitzlehnen mit genügend Wucht und Präzision durchschlagen? Valentin saß nach rechts umgewandt und schaute Goliath an. Dann hob er langsam die Hände. Die Linke hob er etwas weniger an, Goliath konnte sie von dort hinten auch nicht genau sehen. In der Höhe, in der Valentin den Türöffner vermutete, ließ er die Hand verharren und redete weiter: „Ich weiß nicht, was Sie von mir wollen." Wäre er einmal aus dem Auto heraus und liefe nach vorn, dann könnte Goliath nur in spitzem Winkel durch eine Scheibe auf ihn schießen. Valentin hoffte, daß solch ein Schuß nicht treffsicher wäre. Um das Auto zu verlassen und Valentin zu folgen, mußte Goliath zuerst über die Rückbank steigen, und Valentin war kein schlechter Läufer. Sein kleiner Finger klemmte schon hinter dem Türöffnungshebel.

„Lass das ärgerliche Versteckspiel. Du weißt, ich will den Inhalt des Köfferchens, das du vorhin bei den Bullen gelassen hast." Die Stimme war eiskalt. Valentins Finger, der das Hebelchen an der Fahrertür umklammerte, war es auch. Indem er an dem Hebel zog, atmete er aus. Er spürte den wachsenden Widerstand des Griffs in seinem kleinen Finger. Behutsam zog er weiter.

„Ich habe etwa dreihundert Mark bei mir, die gebe ich Ihnen freiwillig."

„Junge, ich mache keine Späße."

„Ich weiß nichts von Ihren Steinchen", beharrte Valentin. Der andere würde ihn nicht erschießen. Tot nutzte Valentin ihm nichts.

Goliath zögerte. Dann beugte er sich vor, ging auf die Knie und machte Anstalten, die Rücksitzbank zu überklettern.

Beim Knacken des Türschlosses sank Valentin rücklings gegen die sich öffnende Tür und fiel aus dem Wagen heraus. Er rollte ab, glitt um die Tür herum und lief um sein Leben. Im Weglaufen hörte Valentin Goliath im Auto fluchen. Es fiel kein Schuß.

Valentin rannte. Zum Glück spielten seine Knie gut mit. Er erreichte den Übergang des Tunneleingangs. Es gab ein Geländer zur Sicherung des Überwegs. Valentin überwand das Geländer und rutschte den Abhang hinunter. Er kam auf einem tiefer gelegenen Absatz des Übergangs an. Auf dieser Plattform rannte er weiter. Er blickte sich um – Goliath war nicht in Sicht. Valentin wollte die andere Seite erreichen und im Dickicht der Büsche am Hang verschwinden.

Da schlug neben seinem Fuß ein Schuß ein. Wie im Western hallte der Abpraller in pfeifendem Echo nach. Valentin lief weiter und schaute sich im Laufen um. Soeben kam Goliath auf der Plattform an. Valentin verlangsamte, blieb stehen und drehte sich um. Die Waffe in der Linken, näherte Goliath sich ihm. Valentin ging langsam rückwärts bis zum ungesicherten Rand der Plattform. Darunter brauste der Verkehr in den Tunnel.

„Ich weiß nichts von Ihren Diamanten. Den Koffer, den Sie meinen, hat meine Freundin mit einer Wahnsinns-Geschichte bei mir angeschleppt. Der Koffer war leer, und vorhin habe ich ihn nur bei der Polizei abgegeben. Die haben sich übrigens nicht besonders dafür interessiert. Warum verfolgen Sie mich wirklich?" Valentin war zwar außer Atem, aber genau auf seine Wortwahl bedacht.

„Ich hole mir nur, was mir gehört", sagte Goliath.

„Aber ich habe doch keine Ahnung, was für Diamanten Sie meinen oder wo sie wären." Valentin war sich durchaus seiner erschreckten Miene bewußt, aber wie sonst sollte er in dieser Situation wohl dreinschauen? Parallel zum Rand der Plattform kam Goliath auf ihn zu. Weit und breit war sonst niemand zu sehen. Valentin las in der Miene des anderen. Dieser Mann – so viel war für Valentin gewiß – würde ihn töten, sobald er die Diamanten hätte.

18

Weit weniger, als er vorgab, war Bruno sicher, daß Valentin log. Die Diamanten hatten immerhin einen langen Weg zurückgelegt, oder zumindest hatte der Koffer seit Antwerpen eine Reihe von Besitzern gehabt. Auf dem Bahnhof hatte Bruno ihn durch die Luft wirbeln sehen. Natürlich hatte Patrick die Diamanten da noch im Koffer gehabt. Aber hätte nicht auch die Kleine die Steine ausräumen können, bevor sie bei Valentin ankam? Doch was Bruno zu ihm sagte, sollte keine Zweifel aufkommen lassen.

„Zuerst werde ich dir deine Fresse polieren." Er sagte es gefährlich leise.

„Ich gebe zu, daß mir das Angst macht." Valentin tat einige Schritte rückwärts. „Aber es wäre nutzlos. Ich kann Ihnen nichts sagen, wovon ich nichts weiß."

„Wenn das noch nicht reicht, werde ich dir als nächstes ein Loch in die Kniescheibe schießen."

Er sah, wie Valentin zusammenfuhr.

„Ich werde dich Stück für Stück zerlegen, bis du mir gerade noch sagen kannst, wo die Diamanten sind."

„Da wird sich nichts Neues ergeben", beharrte Valentin.

Bruno trat näher an Valentin heran, nahm die Waffe in die Rechte und versetzte ihm einen Schwinger mit der Linken. Valentin fiel auf die Seite und hielt sich das Kinn.

„Und wenn Sie mich halb totschlagen, ich weiß nichts von Ihren Diamanten. Hören Sie auf mit der Prügelei." Er rappelte sich wieder hoch.

„Ein Vorschlag zur Güte!" Bruno zeigte sich versöhnlich. „Wir beide wissen, daß es wirklich gute Steinchen sind, viele Millionen Mark wert. Gib sie mir wieder, und ich lasse dir – sagen wir – ein Zehntel davon. Was meinst du?"

Valentin schüttelte den Kopf. Es gab nur eine Lösung. Bruno mußte weiter prügeln. Er wechselte den Revolver in die linke Hand, seine rechte war stärker. Er zielte auf Valentins Nase und legte alle Kraft in den Schlag. Er sah, wie der andere instinktiv in einer Drehung auswich und gleichzeitig den rechten Arm hochriß. Brunos Schlag rutschte daran ab. Fast im selben Moment prallte Valentin in der Drehung mit dem Hinterteil gegen Brunos Hüfte. Bruno wurde nach links geworfen, verlor den Halt und stolperte über den Rand der Plattform hinweg. Das Letzte, was er sah, war die wunderlich beleuchtete Öffnung der Elbtunnelröhre, als er kopfüber daran vorbeiflog, eine Zehntelsekunde, bevor er auf der Fahrbahn aufschlug. Aber das spürte er nicht.

Valentin beugte sich über den Rand der Plattform. Viele Meter unter ihm war Goliath mit dem Kopf zuerst auf die Autobahn geprallt. Valentin wich zurück. Ein Lastwagen donnerte auf der Spur heran, auf der Goliath lag. Der Fahrer wich dem leblosen Körper gerade noch aus. Valentin wandte sich um und rannte in die Richtung zurück, aus der er gekommen war. Er kletterte die Böschung hoch, rutschte ab, fing sich im Gestrüpp und schleppte sich schließlich auf allen Vieren den Hang hinauf. Er schaute sich nicht mehr um.

Als er aus dem Gebüsch hervorkroch, kläffte ihn ein Hund an. Dessen Besitzer waren zwei Kinder, die Valentin erschrocken musterten. Er versuchte zu lächeln und ging unsicheren Schrittes weiter. Sein Auto stand verlassen da, Fahrer- und linke Hintertür waren noch immer sperrangelweit offen.

Den blauen Müllsack unter dem Fahrersitz sah Valentin schon aus der Entfernung. Außer den Kindern war niemand in der Nähe. Valentin zitterte am ganzen Körper. Er ging zum Wagen, setzte sich hinein und verschloß beide Türen. Aber er konnte hier nicht bleiben. Goliath würde zwar nicht mehr wiederkommen. Aber vielleicht hatte jemand die beiden Männer über dem Tunneleingang bemerkt?

Mit zittrigen Fingern betätigte er den Startschlüssel. Als der Motor lief, sammelte sich Valentin noch einige Sekunden lang. Dann fuhr er los. Er wollte jetzt endlich nach Hause fahren. Endlich konnte er wieder nach Hause kommen. Sein Fuß bebte auf dem Gaspedal. Er fuhr ein paar hundert Meter die Liebermannstraße hinunter und hielt dann wieder an. Er stellte den Wagen ab und sah sich um. Kein Mensch in der Nähe!

Valentin ging zu einem Baum und umarmte ihn. Er sprang über den Rasen und riß dabei rhythmisch die Arme hoch. Dann intonierte er eine an Indianertanz erinnernde Melodie, wie er sie oft als Junge erfunden hatte. Er fing an, stampfend im Kreis zu tanzen. Nach einer Weile hielt er an, ging in die Knie und verdeckte die Augen mit den Händen. Dann richtete er sich auf und wankte zum Auto zurück, ließ sich erschöpft hinters Steuer fallen und lachte. Er wollte nach Hause.

Seine Dreizimmerwohnung empfing ihn mit sonniger Wärme. Die Post hatte ihm nur Vorgedrucktes gebracht. Es gab keine Eile mehr. Keine Verfolgung. Valentin konnte sich wieder unter Leuten sehen lassen, sich wieder offen bewegen. Als ihm Maren einfiel, verflog seine Erleichterung im Nu.

Er griff zum Telefon und wählte ihre Nummer. Die Mutter hatte Maren seit Wochen nicht gesehen. Nein, am vergangenen Dienstag sei sie selbst auch nicht im Haus gewesen. Valentin fürchtete schon, die Frau zu beunruhigen. Auch wenn Beunruhigung angesagt war, mußte er sie nicht schüren. Da sagte sie plötzlich:

„Maren hat mich aber vorhin angerufen. Sie sagte, sie sei in Mölln bei Freunden und melde sich nächste Woche wieder."

Vor Überraschung war Valentin sprachlos.

„Sind Sie noch da, Herr Altroge?" Marens Mutter klang fast besorgt. Valentin fand seine Stimme wieder.

„Ja, ich bin da. Bitte, sagen Sie ihr doch, wenn sie wieder anruft, meine Reise war erfolgreich, und es ist alles gut zu Ende gegangen." Valentin atmete tief ein und wieder aus.

„Na, dann gratulier' ich herzlich. Ich habe ja nie ganz verstanden, was Sie beruflich eigentlich tun, aber wenn es gut läuft, freue ich mich für Sie."

Valentin wußte, daß die Dame es ehrlich meinte. Er beließ es bei dem Mißverständnis – Maren würde die Nachricht verstehen und ebenso erleichtert sein wie er selbst. Er verabschiedete sich und ließ sich in den Arbeitssessel sinken. Wenigstens konnte er nachschauen, ob er E-Mail hatte.

Als der Explorer sich öffnete, sah Valentin sofort, daß die Dateien nicht nach Namen, sondern nach Datum sortiert waren. Ganz oben in der Liste standen die beiden Projekte, die er zuletzt bearbeitet hatte. Valentin traute seinen Augen nicht. Sein Brief an Ingo war gestern zuletzt geändert worden. Wie war Goliath gestern mittag bloß hier hergekommen? Oder wer war hier gewesen? Noch einmal überlegte Valentin, die Polizei einzuschalten. Noch einmal ließ er den Gedanken fallen. Hatte er sich nicht schon oft gefragt, welche Änderung einen Wechsel in dieser Rubrik „Geändert am" nun ausgelöst haben mochte? Es gab ein Nutzer-Protokoll, darin waren die Laufzeiten des Rechners notiert. Aber Valentin wußte nicht, wie er es aufrufen konnte. Er mußte bei nächster Gelegenheit jemanden fragen, der etwas davon verstand.

In seinem Arbeitszimmer stand ein Sofa, und Valentin legte sich hin. Heute war Donnerstag. Das bedeutete, daß er morgen mit Franck telefonieren konnte. Warum sollte er es nicht gleich versuchen? Im Aufstehen rief er sich die elfstellige Nummer ins Gedächtnis.

„Ja!", meldete sich eine Männerstimme am anderen Ende. Prägnanz und Bestimmtheit im Ausdruck beeindruckten Valentin spontan.

„Spreche ich mit Franck?"

„Sprechen Sie."

„Valentin Altroge. Ich rufe auf Vermittlung von Evelyne an, genauer: auf Vermittlung von Evelyne, die sich heraushält."

„Ich höre Ihnen weiter zu", sagte der andere.

„Franck, wenn ich Sie so nennen darf ...'"

„Lassen Sie die Namen jetzt!", befahl der andere. „Was haben Sie anzubieten?"

Valentin war perplex. Franck schaltete anscheinend schnell. Valentin hörte, wie der andere offenbar im Hintergrund Anweisungen an jemanden gab. Dann wieder das bestimmte Organ: „Ich höre."

Valentin bemühte sich um eben solche Prägnanz. „Es handelt sich um etwa sechshundert Diamanten erster Qualität, weiß und durchschnittlich fünf Karat das Stück."

Franck antwortete nicht sofort. Valentin hörte ihn einatmen. „O.K. Das ist interessant. Wir sollten uns treffen. Aber nur einmal. Sie bringen die Ware mit, und ich sorge für die Bezahlung. Wir prüfen Ihre Ware an einem neutralen Ort und regeln das Geschäft sofort. Sind Sie mit diesem Verfahren einverstanden?"

„Ja." Valentin war mehr als einverstanden. Er war sogar beglückt über diese Aussicht. Ein einziges Treffen, und alles wäre vorüber. Aber er sagte: „Ich akzeptiere nur D-Mark in bar."

„So ist es üblich." Franck schien in einem Kalender zu blättern. „Das Treffen ist morgen um dreizehn Uhr in Hannover. Schaffen Sie das?"

„Ja."

„Und zwar im Hotel, im ... früheren Interconti." Valentin kannte es. „Fragen Sie an der Rezeption nach dem Konsul."

Nach dem Gespräch saß Valentin eine ganze Stunde lang still am Schreibtisch. Mit einem Mal lösten sich alle Knoten, die er noch vor kurzem für unentwirrbar gehalten hatte.

Er dachte an Evelyne. Warum sollte er sie nicht anrufen? Im Geschäft traf er sie nicht mehr an. Aber sie war zu Hause.

„Valentin! Geht es dir gut?"

„Sehr gut. Ich treffe morgen einen Kaufmann in Hannover." An ihrem Schweigen merkte er, daß Evelyne begriffen hatte. Dann sagte sie:

„Viel Glück! Hast du Lust, daß ich dich am Wochenende besuche?"

Valentin war überrascht. Und ob er Lust dazu hatte. Vor einigen Stunden schien ein guter Geist sein Schicksal in die Hand genommen zu haben. Evelyne und Valentin verabredeten sich für Samstag.

Als er aufgelegt hatte, fühlte er sich nicht mehr erschöpft. Er schmunzelte und holte sich einen Sekt aus dem Kühlschrank. Er öffnete die Flasche, füllte ein Glas, setzte sich ans geöffnete Fenster und schaute dem Sonnenuntergang zu. Gerade wurde sein ganzes Leben umgestülpt, und seine Aussichten waren bestens.

19

Valentin schlief unruhig, wachte häufig auf. Gedanken und Traum verschwammen ständig aufs Neue. Viele Male sah er Goliath vor dem Tunnel liegen. Im Traum kroch er wieder den Abhang hoch, aber Goliath erwischte seinen Fuß von unten. Bei seiner heftigen Trittbewegung wurde Valentin wach. Er stand auf.

In der Küche trank er Milch. Er ging im Flur auf und ab. Im Badezimmer blieb er eine Weile am offenen Fenster stehen. Der Mond nahm zu. Straßenleuchten tauchten umliegende Gärten in kalt wirkendes Halblicht. Katzen jaulten, es klang wie Kinderweinen. Seine Wange tat weh. Die Uhr zeigte Viertel nach zwölf. Entfernt schlug eine Autotür. Er fröstelte trotz der lauen Nacht. Vermutlich würde er jetzt wieder einschlafen.

Im anderen Traum läutete immerzu ein fernes Telefon. Valentin konnte es nicht früh genug erreichen. Er hörte den Ruf: „Sei doch frei, nutze den Tag. Das blaue Wunder wartet." Er mußte auf jeden Fall anrufen, um seine Reise zu buchen. „Gestern fuhr die Expor leer zu Korful Kofens", sagte die Stimme. Er öffnete sein Gepäck, den blauen Müllsack, der beim Aufmachen Masse verlor und sich als leer erwies. Valentin sah hoch und blickte in einen Revolverlauf. Ein Faustschwinger traf ihn, er stürzte hinab und erwachte in Furcht vor dem Aufprall.

Es war eins. Valentin sprang aus dem Bett und schlüpfte in Hemd und Hose. Sein Auto stand noch immer draußen vor der Tür, und der Müllsack lag unter dem Fahrersitz. Er mußte ihn holen. Zurück in der Wohnung, packte er alle Diamantensäckchen in seine weiße Schultertasche mit Reißverschluß. Dann schlief er.

Das Erwachen um acht war gar nicht übel. Er verspürte Energie, duschte ausgiebig, frühstückte üppig und erledigte rasch seine offene Korrespondenz.

Dann kaufte er ein, für das Wochenende. Wollte er für Evelyne selbst etwas kochen? Etappenweise kam er in Hochstimmung. Seine Scheu vor dem Treffen mit Franck mußte unbegründet sein. Wäre Franck gefährlich für Valentin, hätte Evelyne ihn gewiß nicht empfohlen. Valentin trug Jeans und Hemd, Papiere in der Hosentasche. Außer seiner Schultertasche brauchte er kein Gepäck. Er fuhr noch tanken und kaufte eine Tageszeitung.

Goliaths Tod vor der Tunneleinfahrt war Thema eines Berichts auf der zweiten Seite. Seine Identität war noch unbekannt, das Gesicht zerquetscht. Die Polizei hatte am Unfallort einen Revolver gefunden. Die Fingerabdrücke darauf waren in Deutschland nicht registriert. Anfragen in anderen Ländern liefen noch. Der Polizist vom Hauptbahnhof schien außer Gefahr, wenngleich noch nicht aussagefähig zu sein.

Valentin verließ die Autobahn in Hannover-Flughafen und fuhr Richtung Süden zur Innenstadt. Mit zunehmender Nähe zum Aegidientorplatz fühlte er Unruhe in sich emporsteigen.

Er konzentrierte sich darauf, den anstehenden Kontakt mit Franck nur von der vorteilhaften Seite zu betrachten. Er würde reich nach Hause fahren. Entsetzlich reich. Beängstigend!

Valentin hielt an.

Er konnte keine Angst gebrauchen. Er brauchte keine Angst zu haben. „Angst hat kein Objekt Sie ist überall. Angst gehört zu allzu beschränkten Standpunkten", dachte er, und ihm fiel ein, wie er für David die Idee greifbar gemacht hatte, daß Standpunkte oft beschränkten Erfahrungen entsprechen. Ihr Anlaß war der Widerstreit von Vogel und Ente in „Peter und der Wolf": Was bist du für ein Vogel, wenn du nicht fliegen kannst? – Was bist für ein Vogel, wenn du nicht schwimmen kannst? - Gegenseitige Ablehnung aus Mangel an Erfahrung und Verständnis ging oft mit Angst einher.

Wie einen Zauberspruch sagte Valentin laut: „Genau wie ich tut Franck bestimmt ein Leben lang sein Bestes." Half das? Es war im Grunde keine Beschwörungsformel, er wußte, das es stimmte. Nur was Franck für sein Bestes hielt und was indessen Valentin, war nicht gleich. Es gab etwas zu verhandeln.

Valentin brauchte Entspannung. Er wollte Zerstreuung. Entertainment, Gedudel und stellte das Radio an. Die Textzeile eines zeitlosen Oldies konnte er gar nicht überhören:

„Don't let the sound of your own wheels drive you crazy." Auch gut. Ein schönes Motto. Er konnte ganz beruhigt sein. Warum aber bebten dann seine Finger, als er den Radioknopf losließ?

„Ruhe!" Er mußte die Gedanken zum Stillstand bringen, lehnte seinen Kopf an die Stütze und schaute die Umgebung an. Sie war normal, wie immer: Händler handelten, Autofahrer fuhren Auto, Radfahrer radelten,

Passanten gingen vorüber, Menschen, Hunde, Bäume existierten ... alles war gut.

Es war kurz vor eins. Valentin fuhr weiter. Am Hotel angekommen, benutzte er eine Einfahrt zur Tiefgarage rechts vom Haupteingang, zog einen Parkschein und stellte den Wagen ab. Er verließ die Garage und betrat das Hotel, die Tasche über die Schulter gehängt.

„Altroge mein Name." Er murmelte es nur. „Ich habe eine Verabredung mit dem Herrn Konsul."

Der Portier, ein junger Mann südländischen Typs, lächelte freundlich. „Sie werden erwartet, bitte sehr, die Herren haben dort drüben Platz genommen."

In der angewiesenen Richtung erblickte Valentin einen Tisch mit drei Männern, zwei jüngeren und einem älteren Herrn mit Brille, Schnäuzer und lockigem Haarkranz. Die beiden jüngeren schauten geschult desinteressiert, gewiß waren es die Bodyguards des Älteren. Der schaute Valentin zunächst streng an, als er sich dem Tisch näherte. Dann zauberte er blitzschnell ein Lächeln in sein aufgewecktes, geschmeidiges Gesicht, stand auf und kam flink auf Valentin zu.

„Sie sind sehr pünktlich, das ist gut." Den südosteuropäischen Akzent des Mannes konnte Valentin nicht auf ein Land festlegen. Sein Mienenspiel hätte bei anderen für drei Gesichter gereicht. Sie gaben sich die Hand.

„Ich bin Valentin. Sie sind Franck?"

„Der Konsul ist verhindert. Ich führe das Geschäft statt seiner durch. Ich hoffe, Sie haben keine Einwände?" Valentin war eher entgeistert. Er nickte dennoch.

„Wie war der Name?"

„Ich sagte ihn nicht. Nennen Sie mich Dragan. Aber auf Lebensgeschichten können wir verzichten, denke ich."

Das war Valentin allerdings recht. Sie kamen am Tisch an. Die Bodyguards erhoben sich.

„Die beiden Herren habe ich als Experten hergebeten", sagte Dragan.

„Experten für ... " Valentin ließ den Satz halb beendet.

„ ... unser Geschäft, im weitesten Sinne", ergänzte Dragan ihn.

Der größere der beiden Männer trug gebändigte lange braune Haare, war elegant, wenngleich etwas eng bekleidet, bleckte die Zähne und grinste Valentin an. Eingesenkt in die oberen Schneidezähne trug er zwei Diamanten. Der kleinere der beiden Männer, ein kahl rasierter, düster dreinblickender Schlägertyp im noblen Anzug, verzog keine Miene.

„Ich schlage vor, wir begeben uns an einen diskreteren Ort. In einem der Salons werden wir in Ruhe reden." Den Blick auf Valentin gerichtet, hob Dragan einladend die Hand.

Valentin schaute sich um. Er wollte sich nicht allein mit den Diamanten und diesen dreien in einen geschlossenen Raum begeben. Die Hotelhalle war weitgehend leer, gelegentlich durchquerte sie jemand auf dem Weg zur Treppe oder zum Fahrstuhl. Die Rezeption war jetzt nicht besetzt. Der mäßige Betrieb in der Halle gab für Valentin eine gefahrlosere Umgebung ab. Mehrere Wandeinbrüche in der Peripherie der Halle boten gesonderte Bereiche mit Tischen und Sesseln, teils mit Kamin, auf jeden Fall verschwiegen und dennoch nicht völlig uneinsehbar.

„Warum nehmen wir nicht in einer dieser Nischen Platz?", schlug Valentin vor.

Dragan schaute prüfend zu ihm auf. Er lächelte, nickte, wies die beiden Jüngeren mit einer Handbewegung an und dirigierte Valentin an der Schulter zu einer Nische hin.

„Wir haben alle Interesse, einen kühlen Kopf zu bewahren, mein Herr", sagte er im Gehen. Valentin schaute sich um. Er war der Einzige der vier, der ein Gepäckstück bei sich trug.

„In welcher Form wollen Sie eigentlich bezahlen?", fragte er.

„Haben Sie keine Sorge – zu gegebener Zeit wird da sein, was nötig ist."

Valentin rechnete eine Spur von Zweideutigkeit Dragans unvollkommenen Sprachkenntnissen an. Sie erreichten die Sitznische und nahmen um einen kleinen runden Tisch herum Platz. Ein herbeigerufener Kellner nahm Bestellungen auf. Keiner der vier Männer bestellte Alkohol.

Als der Kellner gegangen war, herrschte für eine Weile Schweigen am Tisch, im stillen Einverständnis, sein Wiederauftauchen abzuwarten. Der größere der Bodyguards schlug das Bein über und lehnte sich im Sessel nach hinten. Unter dem Revers war jetzt ein Schultergurt sichtbar. Natürlich waren beide bewaffnet, dachte Valentin. Der Kellner kehrte mit Getränken zurück und verteilte die Gläser auf dem Tisch. Valentin ergriff die Initiative.

„Vielen Dank", sagte er zu dem Mann. „Wir möchten jetzt ungestört bleiben. Können Sie dafür sorgen?" Er ließ sich auf den Fünfziger nicht herausgeben, der Kellner nickte, dankte und ging.

„Wirklich sehr professionell, wie Sie da auftreten", kommentierte Dragan etwas belustigt. Die Bemerkung verfehlte bei Valentin nicht die – wie er meinte – gewünschte verunsichernde Wirkung, aber er ließ sich nichts anmerken.

„Kommen wir doch zur Sache." Er griff in seiner Umhängetasche wahllos in einen Beutel, zog drei Steine heraus und legte sie auf den Tisch. „Ich habe nicht gezählt – es sind etwa sechshundert dieser Güte."

Die beiden Bodyguards rührten sich nicht, Dragan griff flink zu. Im Unterschied zu Valentin hatte er eine Sitzposition gewählt, die aus der Halle nicht direkt einsehbar war. Valentin konnte indessen zwischen Paravents, Möbeln und Säulen einige Aspekte des großen Raums im Auge behalten. Umgekehrt blieb zumindest sein Kopf auch von dort aus sichtbar – gut zu wissen. Dragan bediente sich eines Werkzeugs mit Lupen- und Beleuchtungseinrichtung, dessen Namen Valentin nicht kannte. Er ließ dem anderen einige Minuten zur Betrachtung. Beide Bodyguards beobachteten Valentin. Er beugte sich zu Dragan hinüber.

„Sie werden bemerken, daß die Steine einschlußfrei sind." Er frischte gerade seine bei Maren und Evelyne aufgeschnappten Kenntnisse auf und war bedacht, ihre Lückenhaftigkeit zu verbergen, indem er sie nur knapp vorbrachte: „Internally flawless. Keinerlei innere Merkmale! Jeder einzelne Stein hat einen Handelswert von weit über einhunderttausend."

Dragan räusperte sich und blickte mit zusammengezogenen Brauen von seinem Instrument auf. Seine Zunge fuhr zwischen den Lippen hindurch, er blinzelte, sagte aber nichts und wandte sich wieder einem Stein zu.

„Zeigen Sie mir mehr."

Valentin zögerte. Er sah aber ein, daß er es nicht bei der Stichprobe belassen konnte. Gleichwohl fand er es irritierend, seine Reichtümer vor den Bewaffneten auszubreiten. Mit dem Fuß schob er Dragan die Umhängetasche ein Stück hinüber.

„Wählen Sie selbst ein paar Stücke, es sind sechs Beutel. Ich verstehe, daß Sie sich auf meine zufällig entnommene Probe nicht verlassen wollen. Sie müssen aber auch verstehen, daß ich die Ware hier nicht auf den Tisch schütten mag."

Der Langhaarige räkelte sich im Sessel. Der Kahlrasierte war zur Sitzsäule erstarrt und stierte ins Leere. Dragan griff mit einer Hand in die Leinentasche und wühlte offenbar in diversen Beuteln. Es dauerte eine ganze Weile. Als er die Hand schließlich herauszog, enthielt sie etwa fünfzehn Steine. Dragan legte sie zu den anderen auf den Tisch. Unwillkürlich richtete Valentin sich im Sessel auf und spähte in die Halle.

„Vertrauen Sie denn auf Ihre eigenen Anweisungen nicht?" bemerkte Dragan, eher beiläufig gemurmelt und ohne von seinem Gerät aufzublicken. Das saß. Tatsächlich war im Umkreis kein Mensch zu sehen, was aber auch nicht gerade zu Valentins Beruhigung beitrug. Er lehnte sich zurück und versuchte, Bauch, Gliedmaßen und Gesicht gleichermaßen zu entspannen.

„So ist es besser", kommentierte Dragan, ohne den Blick vom Instrument zu nehmen. Valentin fiel auf, daß der andere bei der Prüfung der Steine beide Augen offen hielt.

Der kleinere seiner zwei Begleiter hatte begonnen, Erdnüsse zu essen. Er kaute teilnahmslos vor sich hin. Der große mit dem langen Schopf reinigte jetzt tatsächlich seine Fingernägel.

Minuten vergingen. Niemand sagte ein Wort. Valentin schwitzte trotz der leichten Kleidung. Die Jeans schien ihm zu eng zu sitzen, ein Bein juckte ständig. Er bemerkte, daß er mit offenem Mund die Lippen über die Zahnreihen zog und beeilte sich, die Grimasse zu lösen. Aber auch die Muskeln um seine Augen hatte er verkrampft. Er erkannte darin eine Mimik der Angst. Mit der zugehörigen Mimik sollte auch die Angst verschwinden oder wenigstens gelindert werden können, hatte er gehört.

Er wollte einen Schluck trinken, besann sich aber. Niemand hatte hier die Gläser angerührt, warum auch immer. Vielleicht wußten die drei warum. Valentins Blick haftete hartnäckig an der Wölbung unter dem Jackett des Langhaarigen. Wo sollte überhaupt das besprochene Bargeld sein? Doch Valentin fand es ungelegen, das Thema erneut zur Sprache zu bringen, bevor Dragan ein Angebot machte. Er spürte den Drang, zur Toilette zu gehen. Das war natürlich ausgeschlossen, weit mehr noch als in einer Opernaufführung.

Schließlich blickte Dragan von seiner Arbeit auf und schaute sich am Tisch um, bevor er Valentin eine Zeitlang stumm und eindringlich ansah und dann wieder zu seinem Gerät hinabschaute, einen Stein nachdenklich mit einem kleinen Tuch putzend. Valentin wartete ab.

„Ich habe mich von der Qualität der Diamanten überzeugt. Nun muß ich die Menge sehen", sagte Dragan, nahm ohne abzuwarten die Tasche hoch und schüttete ihren gesamten Inhalt auf den Tisch. Zwischen den offenen Beuteln lagen jetzt an die fünfzig Steine lose auf dem Tisch. Er überflog die Bescherung mit geübtem Blick. „Vielleicht sechshundert Steine ähnlicher Größe und Qualität, Sie haben Recht. Ich denke, wir bewegen uns in Dimensionen, wo es nicht auf die exakte Stückzahl ankommt."

Valentin nickte nur. Sein Mund war trocken.

„Ich mache Ihnen ein Angebot."

Absolute Stille. Valentin verharrte, aufs Äußerste gespannt, nunmehr das Kaugeräusch des Kahlköpfigen im Ohr. Der Langhaarige rückte seinen Pferdeschwanz zurecht und schlug das andere Bein über. Lächelnd blickte Dragan mit gekrauster Stirn von unten her zu Valentin herüber. Der bemühte sich um ein Pokergesicht. Das Urteil in erster Instanz hieß:

„Vier pro Karat."

Zwölf Millionen, hatte Valentins innere Rechenmaschine dieses Mal sofort parat.

„Sechs... ", antwortete die Maschine wie ohne seine Beteiligung „ ...tausend DM". Der Zusatz schien Valentin geraten, ohne einfältig zu wirken.

Dragan blickte besorgt auf den Boden, noch immer den Stein putzend. Wie um seine eigene Ohnmacht zu bekunden, breitete er dann die Arme aus, wies Valentin dabei aber auf seine Schwäche hin:

„Das ist fantastisch. Wer hat Ihnen denn dieses Angebot gemacht?"

Stille. Kahlkopf hatte aufgehört zu kauen und starrte, Langhaars Blick heftete an Valentin. Der sagte nichts. Dragan legte Tuch und Stein auf den Tisch, lehnte sich zurück und verlängerte den Moment, in dem er sich Valentins Aufmerksamkeit sicher war.

„O.K. Ich sage Ihnen das, was Sie erhoffen. Fünf! Das macht fünfzehn Millionen D-Mark, um in der Präzision Ihrer Ausdrucksweise zu bleiben."

Plötzlich sprach der Mann akzentfrei. Valentin fühlte sich durchschaut, kraftlos. Sein Mund war ausgedörrt. Er nickte nur mit gesenktem Kopf. Dennoch erleichtert, beugte er sich vor, stützte die Ellbogen auf den Beinen ab und versenkte das Gesicht in die Hände. Er atmete stoßweise aus. Leise gab Dragan derweil seinen Begleitern knappe Befehle. Valentin war es müde, die Augen offen zu halten und hielt das Gesicht noch ein paar

Sekunden vollständig bedeckt. Als er den Kopf wieder hochnahm, saß außer ihm nur noch der Langhaarige da. Seine Tasche war weg. Auf dem
Tisch bedeckte ein großes Tuch, das Valentin zuvor nicht bemerkt hatte,
eine Wölbung, unter der sich durchaus die Diamanten befinden konnten.
Aber genauso gut oder schlecht auch irgend etwas anderes, schoß es Valentin durch den Kopf. Er wollte nach dem Tuch greifen.

„Tz, tz!" Langhaar hatte schon die Hand am Griff seiner Waffe. Mit halb
geschlossenen Augen fixierte er Valentin. „Das kann ich nicht leiden." Valentin glaubte ihm aufs Wort.

„Wo sind Dragan und Ihr Kollege?"

„Sie holen, was nötig ist."

So weit so gut, bemühte sich Valentin zu denken. Nie war ihm mehr klar
gewesen, daß er keinerlei Sicherheit hatte. Würde Langhaar gleich aufstehen, weggehen und hinterließe ihm zum Beispiel eine Wolldecke unter
dem Tuch – was sollte er tun? Er sah sich schon erklären, daß er soeben
um die Beute aus einem Verbrechen betrogen worden war. Kein Gedanke
daran. Valentin beschloß, sich in sein Schicksal zu ergeben. Er lehnte sich
zurück und machte die Augen einfach wieder zu. Auch als er Schritte hörte, ließ er sie geschlossen. Er war bereit aufzugeben. Lass fahren dahin - sie
haben's kein' Gewinn. Wie man's betrachtet, dachte er und öffnete die Augen. Die drei waren weg, der Tisch war leer.

Es war aus. Das war kein Spiel in seiner Liga gewesen, auswärts zudem. Er
hatte verloren. Immerhin lebte er.

Er stand auf. Der Portier telefonierte an der Rezeption. Eine Dame mit
Hut und Sonnenbrille durchquerte den Raum, ein Hündchen im Schlepp-
tau. Der Kellner hatte am anderen Ende des Raumes mit einem Blumenge-
steck zu tun. Valentin merkte, wie er schwankte. Er sammelte sich, wandte
sich um und ging auf den Ausgang zu.

„Ihre Tasche!" Die Stimme des Kellners drang zu ihm durch. Er schaute
sich um und folgte der Geste des Mannes mit den Augen. Seine weiße
Schultertasche lehnte an der Säule im Eingang zu der Nische, aus der er
gekommen war. Valentin nickte dem Kellner stumm zu, ging zurück und
ergriff die Tasche.

Sie war ganz prall. Sie war sehr schwer. Sie war pickepacke voll.

Valentin schulterte die Tasche, wankte etwas unter dem Gewicht und verließ das Hotel wie in Trance. In der Tiefgarage fand er seinen Wagen eher

zufällig wieder. Er öffnete, nahm Platz und legte die Tasche auf den Beifahrersitz. Dann fuhr er mit dem Finger über den geschlossenen Reißverschluß, ergriff den Klöppel und zog daran.

Die Tasche war voller Bündel von Tausendern, anscheinend alle gleich dick. Valentin nahm eines zur Hand, blätterte es durch, befühlte und betrachtete dann einzelne Geldnoten im schwachen Schein der Innenbeleuchtung des Wagens. Dem Aussehen und der Beschaffenheit nach waren sie echt. Valentin zählte ein Bündel ab. Als er bei fünfzig ankam, konnte er schätzen, daß es fünfhundert Scheine enthielt. Sein nächster Einfall wurde begleitet von einem Schaudern. Valentin betrachtete genau die Nummern der Scheine. Buchstaben und Ziffern wechselten von Schein zu Schein ohne erkennbare Ordnung. Dieses Geld war anscheinend nicht nur echt, sondern auch durch keine Seriennummern markiert. Es war in diesem Sinne sauber. Schon schichtete Valentin die Bündel im Fußraum des Beifahrersitzes auf und zählte sie dabei.

„Achtundzwanzig, neunundzwanzig, dreißig." Soeben hatte er fünfzehn Millionen Mark aufgestapelt. Valentin hob den Kopf und schaute ins Dunkel der Tiefgarage. Er mußte unzurechnungsfähig sein, hier im Auto mit dem Geld zu hantieren! Hastig raffte er die Bündel zusammen und verstaute sie in der Tasche, die er wieder verschloß und unter Davids Decke auf der Rückbank versteckte. Einen Schein hatte er eingesteckt.

Auf der Autobahn hielt er an einer Raststätte. Den Wagen parkte er gut sichtbar am Eingangsbereich in der ersten Reihe. Dann betrat er das gut ausgestattete, freundliche Restaurant und wandte sich gleich zur Kasse. Er konnte nicht widerstehen:

„Ich habe nur einen Tausender Können Sie darauf herausgeben?"

Die Frau an der Kasse spitzte kurz den Mund und wandte beim Nachdenken die Augen seitwärts. Dann nickte sie. „Ich denk' schon, jetzt am Nachmittag. Und wenn nicht, kriegen wir das trotzdem hin." Sie lächelte Valentin aufmunternd zu. „Wir haben Fisch-Woche. Kann ich Ihnen empfehlen."

Er wählte Hering mit Pellkartoffeln, ein Lieblingsgericht seit Kindertagen. Passend dazu trank er Limonade der Marke Sinalco. Es wurde Valentins Festmahl. Ein kleiner Hund kam ihn an seinem Tisch besuchen. Er bettelte nicht. Anscheinend mochte er einfach nur in Valentins Nähe sitzen.

Die weitere Rückfahrt war beschaulich.

Schon auf der Treppe hörte er sein Telefon läuten. Er erreichte es und hob mitten in einem Klingelzeichen ab. Ingo war am Apparat.

„Wir haben noch einmal eine Terminänderung mit Sycam. Paßt es dir am Freitag?"

Valentin war einverstanden, und Ingo wollte das Gespräch schon fast wieder beenden, als Valentin etwas einfiel.

„Du verstehst doch mehr von meinem Computer als ich, nicht wahr?"

„Lassen wir es darauf ankommen. Was willst du wissen?", fragte Ingo.

„Ich hoffe, ich mache mich verständlich: Wie kann sich in meinem Explorer eine Datums-Eintragung unter der Rubrik ‚Geändert am' verändern, ohne daß die Datei tatsächlich geändert wurde?"

„Das geht nicht." Ingo war unmißverständlich. Unerbittlich unmißverständlich. Valentin schluckte trocken.

„Und wodurch verändert sie sich, die Eintragung meine ich?"

„Dazu muß die entsprechende Datei geöffnet werden. Dann muß jemand mindestens eine Änderung vornehmen. Ein unabsichtliches Leerzeichen genügt, ein ‚Return', was auch immer. Beim Schließen der Datei fragt das System den Nutzer automatisch in einem Fenster, ob Änderungen gespeichert werden sollen. Ungeübte Nutzer werden in der Regel einfach ‚Return' drücken und auf diese Art und Weise speichern."

Valentin hatte nichts anderes erwartet. Mehr noch, er hatte das alles schon ganz genau gewußt. Dennoch hätte er gern eine andere Lösung zu Ohren bekommen. Er bedankte sich für die Auskunft. Ingo wünschte ihm noch einen angenehmen Abend und legte auf. Valentin blieb mit dem Hörer am Ohr auf dem Schreibtischstuhl sitzen. Nach einiger Zeit kam aus dem Hörer das rhythmische Tuten, das den Abbruch der Verbindung anzeigte.

20

Maren schrieb an Ritas tragbarem Computer. Langsam wuchsen die „Werktag-Berichte" zu einer stattlichen Sammlung sehr persönlicher Geschichten heran. Den sachlichen Titel hatte sie in Kontrast zu ihrer meist selbstbesinnlichen Betrachtungs- und Ausdrucksweise gewählt.

Das Manuskript wenigstens war im Rucksack, als Maren am Dienstag hier ankam. Einen schon geschriebenen Text mußte sie ständig vor Augen haben und nachlesen können, um sich wirklich sicher zu fühlen, wenn sie ihn schließlich weiterschrieb. Anlaß ihrer Geschichten war meist ein Alltagserlebnis, vielleicht sogar eines vom vorigen Abend. Sie war oft nachts unterwegs, schlief am Tag, zur Betroffenheit mancher und zur Scham ihrer Mutter. Maren wußte, daß viele Menschen, die sie traf, Freunde sogar, sie für überspannt halten konnten, für geltungssüchtig auch. Auffällige Kleidung, hatte ihr Valentin einmal gesagt, habe sie doch gar nicht nötig. Sie falle schon von alleine auf.

Maren selbst empfand sich aber eher als unauffällige Zuschauerin unter den anderen Menschen. Sie fand, daß sie einfach mehr aufnahm, als sie von sich gab. Wenn sie jedoch Geschichten erfand, konnte sie nicht nur gebündelt Beobachtungen wiedergeben. Sie konnte darin auch zur Probe handeln und das ganz ungeschoren im Spiel mit einer anderen Wirklichkeit. Am liebsten hätte sie ihr ganzes Leben lang nichts anderes gemacht als zusehen und schreiben. Aber sie war realistisch genug zu wissen, daß nur wenige Autoren von ihrer Arbeit tatsächlich leben konnten. Schon jetzt, mit zweiundzwanzig Jahren, hatte sie einen kleinen Berg Schulden am Hals. Auch war sie im Sinne der meisten Leute nicht strebsam und verläßlich genug.

Maren hatte früh gelernt, sich besser herauszuhalten. Immer unterwegs, war sie schon als Kind meist irgendwo zu Gast gewesen und war es merkwürdigerweise auch heute noch oft. So wie jetzt. Immer gab es jemanden, der - sie fand selbst kein anderes Wort dafür - ihr Zuflucht bot.

Rita hätte vom Alter her fast ihre Mutter sein können. Vor einigen Jahren hatte Maren Spanischunterricht bei ihr genommen. Genommen war korrekt ausgedrückt, die Unterrichtsstunden hatte Rita ihr nämlich einfach geschenkt. Rita war verheiratet mit einem Spanier. Sie hatte viele Jahre in Südamerika und später mit ihm in Madrid gelebt. Carlos war Schauspieler und oft auf Reisen. Im Moment hatte er bei Dreharbeiten in Barcelona zu tun. Lucas und Pablo, die beiden Kinder, spielten im Garten, und Rita hatte sich auf die Terrasse gelegt. Es war viel Platz im Haus. Maren brauchte nur wenig, aber eine Tür zum Schließen war wesentlich.

Heute war sie früh dran mit Schreiben, normalerweise schlief sie noch um Viertel nach zwölf. Aber das Familienleben hatte sie nach vier Tagen mühelos in seinen morgendlichen Rhythmus mit einbezogen. Vier Tage auch hatte sie gebraucht, um damit anzufangen, diese Geschichte aufzuschreiben, den kleinen Krimi, den sie selbst erlebt hatte. Oder noch erlebte? Den schrieb sie jedenfalls gar nicht selbstbesinnlich. Sie saß noch am Anfang des zweiten Kapitels, mindestens beim zehnten Versuch.

„Krachend flog hinter ihr die Bodentür auf. Sie fuhr herum und blickte einem fremden Mann ins Gesicht. Es war ein Soldatentyp, mittelgroß, etwa dreißig, mit kurzgeschorenem Haar und trainierter, schlanker Gestalt. Der Blick seiner grünen Augen war fast teilnahmslos. Raschen Schrittes kam er über den Dachboden auf sie zu. Fast sprang sie durch die offen stehende Bodenluke auf die schmale Stiege, klappte die Luke im Vorbeikommen hinter sich zu und verriegelte sie. Im Nu war sie im Erdgeschoß, ergriff ihren Rucksack neben dem Eingang und lief, die Tür hinter sich zuknallend, den Weg zur Pforte auf die Straße hinaus. Das Taxi sah sie sofort. Sie hastete zum Wagen hinüber, sprang hinein und brachte heraus, sie wolle sofort losfahren, egal wohin, nur schnell, sie werde verfolgt. Der Fahrer handelte prompt. Starten und Abfahren waren eins.“

Maren las den Abschnitt nach und staunte. Er war ihr in einem einzigen langen Fluß gelungen. Es gab nichts zu ändern. Erstens war es genau so gewesen. Zweitens war die Darstellung schlüssig. Drittens hatten die Sätze Rhythmus. Viertens hatten die Wörter Klang. Und fünftens fand sie es spannend.

Sie hätte diesen Absatz jetzt gerne Valentin vorgelesen. Er verstand etwas von Wörtern, ihn hätte sie ihre Texte gerne lektorieren lassen. Zumal sie ihm sowieso seit Tagen zu sagen versuchte, was sie eben geschrieben hatte. Valentin aber war verschwunden.

Auf ihrer Flucht aus Hamburg hatte sie sich von dem Taxifahrer zum Bahnhof fahren lassen und war in den Zug nach Mölln gestiegen. Der Fahrer war übrigens ein heller Typ. Er hatte den Soldaten, der ihr auf dem Speicher begegnet war, ein paar Minuten zuvor in ihrer Straße abgesetzt. Nach einer, wie er sagte, recht abenteuerlichen Route, die der Kerl mit ihm zweimal durch die halbe Stadt gemacht hatte. Schließlich hatte der Fahrer bemerkt, daß der Soldat Valentins Wagen folgte, wie Maren von ihm erfuhr. Beunruhigt war er noch eine Weile vor dem Hause stehen geblieben, und das war Marens Glück. Rita hatte gar nicht viel gefragt, als Maren gegen Mittag bei ihr aufkreuzte. Seither war sie hier. Und seither hatte sie nicht in Erfahrung gebracht, was aus Valentin geworden war. Sein Telefon ließ sie schon seit Dienstag immer wieder einmal eine Weile ins Leere klingeln.

Rita rief sie zum Essen. Maren hatte die regelmäßigen Mahlzeiten in den ersten zwei Tagen neu lernen müssen. Aber Rita und ihre Kinder strahlten so viel Zuversicht auf sie ab, daß sie das Hamburger Nachtleben im Moment gar nicht vermißte, früh ins Bett ging und mit den anderen aufstand und aß. Nach dem Essen wählte sie Valentins Nummer erneut. Er antwortete nach dem zweiten Klingeln mit seinem Nachnamen.

„Mensch, Valentin, da bist du ja."

„Ich bin auch froh, dich zu hören. Wo bist du?"

„Bei Freunden in Mölln. Wie geht es dir?"

Valentin schien mit einer Antwort zu zögern. Dann sagte er: „Mir geht es gut. Wollen wir uns nicht lieber treffen, dann können wir besser reden als am Telefon. Ich habe dir viel zu erzählen."

„Ich auch. Erstmal muß ich dir erklären ...“

„Warte, Maren, das müssen wir jetzt wirklich nicht am Telefon besprechen. Sag mir die Adresse, wo du bist, und ich komme zu dir, was meinst du?"

Maren war einverstanden. Nach dem Auflegen schrieb sie weiter. Eine Stunde später hörte sie, wie Rita an der Haustür Valentin begrüßte. Rita brachte ihn noch ins Zimmer und zog sich wieder zurück. Valentin strahlte Maren an und breitete die Arme aus. Sie begab sich hinein und legte den Kopf an seine Brust.

„Tut mir leid wegen vergangenem Dienstag. Ich hätte gleich mit dir mitfahren sollen. Ins Trapp konnte ich nicht rechtzeitig kommen. Dieser Typ hat uns offenbar verfolgt"

„Welcher Typ und wo verfolgt?"

„Als wir von dir weggefahren sind, muß jemand schon hinter uns her gewesen sein." Maren berichtete, was ihr auf dem Speicher geschehen war und wie sie mit dem Taxi hatte fliehen können. Mit zunehmend geweiteten Augen hörte Valentin ihr zu. Wie um sich zurückzuhalten, ihr dazwischen zu reden, klemmte er dabei die Lippen zwischen die Zähne. „Ich habe es aufgeschrieben", sagte sie. „Lies es doch einfach durch."

Valentin nickte. Im Moment war ihm aber nicht nach Literatur zumute.

„Ich muß kurz danach in dem Haus gewesen sein. Da die Tür offenstand, habe ich überall nachgesehen, und auf dem Dachboden habe ich im Fensterrahmen ein Stück von deinem Seidentuch entdeckt."

„Ja, ich hatte doch die Gartenpforte gehört. Durch das Dachfenster kann man den Eingang aber nicht gut sehen, da bin ich auf das Fensterbrett gestiegen, um besseren Überblick zu bekommen. Dabei hat sich das Tuch in einer Holzscharte verheddert, und als ich es rauszog, habe ich es beschädigt."

„Ich habe befürchtet, du hättest hinausspringen müssen. Unter dem Fenster waren die Büsche auch ganz plattgedrückt. Seit Dienstag habe ich immer wieder versucht, dich telefonisch zu erreichen, und vorhin war deine Mutter dran. Sie sagte mir schon, daß du in Mölln bist. Hast du die Zeitung gelesen?", fragte er.

„Ein wenig. Ich habe das Phantombild gesehen, es war ziemlich schlecht, darauf hätte ich den Typ niemals wiedererkannt."

„Ich schon", sagte Valentin. Dann schilderte er seine Erlebnisse der vergangenen Tage. Er erzählte von Göttingen, von einer Evelyne, von einem Goliath und wie er gestorben war, er erzählte von dem Deal im Hotel, von den fünfzehn Millionen und von Merkwürdigkeiten in seinem Computer. Maren versuchte, sich alle Fragen zu merken, die seine Geschichte bei ihr weckte. In den Vordergrund schob sich dabei diese Zahl, die er genannt hatte. Fünfzehn Millionen Mark?

„Ich kann es auch nicht glauben", sagte er. Maren dachte daran, daß ihr ein Bruchteil davon die Möglichkeit bot, ein Leben lang so viel und so ausdauernd zu schreiben, wie sie es erträumte, ohne sich um ihr Einkommen Sorgen machen zu müssen. Etwas an dem Gedanken ließ sie erschauern. Sie hörte, wie Valentin sagte: „Ich denke, wir sollten durch zwei teilen." Maren wurde flau im Magen. Sie mußte sich setzen. Was war ihr doch noch aufgefallen an Valentins Bericht?

„Ich muß mich etwas ausruhen", sagte sie. „Lass uns gleich weiterreden." Valentin schaute besorgt. „Mach dir keine Sorgen, ich bin sofort wieder auf dem Damm. Tu mir doch den Gefallen und lies solange die Passage, die ich vorhin geschrieben habe." Valentin nickte, ging zum Tischcomputer und las am Bildschirm. Maren schloß die Augen. Sie war dieses kräftige Essen eben nicht mehr gewohnt. Es würde gleich wieder besser werden.

„Was schreibst du da? ... ein Soldatentyp, mittelgroß, etwa dreißig, mit kurzgeschorenem Haar und trainierter, schlanker Gestalt? Der Blick seiner grünen Augen ...?" Valentins Stimme klang belegt. Er räusperte sich und sprach erregt weiter: „Der Kerl hatte blaue Augen, war fünfzig und zwei Meter groß! Ich habe ihn deswegen Goliath genannt."

Maren starrte ihn fassungslos an. „Meiner ist da im Text genau so beschrieben, wie ich mich an ihn erinnere. Es gibt offenbar zwei Männer", sagte sie. Valentin richtete die Augen auf einen Punkt über ihrem Kopf.

„Hm, und jetzt gibt es wohl nur noch einen. Der war auch schon bei mir zu Hause. Er hat in meinem Rechner eine Spur hinterlassen, unabsichtlich wahrscheinlich." Valentin hielt inne. Er senkte den Kopf, tippte sich dann mit dem Zeigefinger an die Stirn, schaute hoch und bat um die Gelben Seiten. Sie fanden ein Branchentelefonbuch, und er blätterte unter den Schlüsseldiensten. Er hatte Glück. Ein Handwerker erkärte sich bereit, bei ihm noch am selben Abend das Türschloß auszutauschen. Nach dem Telefongespräch wirkte Valentin aber kaum beruhigter als zuvor. „Es gibt noch einen, es gibt, verdammter Mist, noch einen. Ich würde ihm gern ein Drittel anbieten, aber damit wird er nicht zufrieden sein."

Marens Augen zwinkerten unwillkürlich einige Male. Wer konnte mit fünf Millionen unzufrieden sein? Unbehaglich allerdings schon. Aber Valentins Argument leuchtete ihr trotzdem ein.

„Bleib doch erst einmal hier!" Indem sie es sagte, fiel ihr ein, daß sie selbst in Mölln zu Gast war und nicht einfach Einladungen aussprechen konnte. Aber Valentin winkte auch schon ab.

„Ich möchte wieder dauerhaft sicher sein und nicht nur für ein paar Tage versteckt bleiben." Sie nickte, schließlich ging es ihr ebenso.

Beide schwiegen ratlos eine Weile. Dann fiel Maren wieder ein, was ihr noch bei Valentins Bericht aufgefallen war. Es trug wahrscheinlich nicht zur Lösung ihres Problems mit diesem Soldatentyp bei. Sie sagte es trotzdem.

„Kennst du Evelyne schon lange?" Valentin erzählte ihr von seiner Bekanntschaft mit einer früheren Auftraggeberin in seiner Göttinger Zeit. Sie habe ihm mit ihrem Tip wirklich sehr geholfen, und ohne viel zu fragen. Maren sah Valentin an, daß er mehr als Dankbarkeit empfand. „Liebst du sie?"

„In ein paar Monaten werde ich vermutlich sagen: Ja." Das war freimütig. Maren fühlte sich zwiespältig berührt. Einerseits war sie froh, weil sie sich eine dauerhafte Beziehung mit Valentin nicht gut vorstellen konnte. Sie war zu flippig für ihn, er zu geordnet für sie. Dennoch mußte sie einen Anflug von Eifersüchtigkeit unterdrücken. Aber das würde schnell vergehen.

„Ich wünsch euch Glück. Ein bißchen neidisch bin ich schon, aber du wirst zugeben: Das ideale Paar geben wir beide wohl wirklich nicht ab."

Zum ersten Mal seit seiner Ankunft lachte Valentin. Er nahm sie in den Arm.

„Nein, tun wir wahrscheinlich nicht, aber mit dir erlebt man wirklich spannende Geschichten." Als er sie losließ, sah sie, daß der Muskelkranz um seine Augen verkrampft war. Er hatte Angst. Das trug nicht zu ihrer eigenen Beruhigung bei. Als er vorhin gleich einen Schlüsseldienst angerufen hatte, war sie wieder einmal erstaunt über sein schlüssiges, vernünftiges Verhalten. Der Mann hatte sofort die richtige Idee und führte sie durch. Da dachte sie, er würde schon eine Lösung finden für das Problem mit dem Soldaten. Jetzt war sie gar nicht mehr so sicher.

„Komm, wir setzen uns ein wenig nach unten zu Rita, was meinst du?", schlug sie vor. Valentin stimmte zu, und sie verbrachten noch eine halbe Stunde mit Rita und den Kindern, ohne über ihre Schwierigkeiten nachzugrübeln. Rita hatte schon längst verstanden, daß Maren einen Unterschlupf brauchte und war auch gern bereit, ihr das Zimmer noch weiter zu überlassen. Schließlich machte Valentin sich zum Aufbruch bereit. Maren begleitete ihn zur Tür. Er lächelte sie an.

„Vielleicht versuche ich tatsächlich, dem Mann Geld anzubieten. Erstmal muß ich heute das Schloß wechseln lassen. Telefonieren wir später noch?"

Maren war einverstanden. „Wo bleibst du denn heute nacht? Du hast gehört, was Rita sagte, du bist hier willkommen. Warum kommst du nicht wieder her, wenn der Handwerker gegangen ist?"

„Ich muß auf Evelyne warten, sie kommt heute abend zu mir. Ich weiß noch nicht, wo wir bleiben."

„Du kannst sie ruhig mitbringen, glaub mir, das geht schon in Ordnung mit Rita. Wir telefonieren." Valentin nickte. Er schien zu überlegen. Er nickte erneut, wortlos, warf ihr eine Kußhand zu und wandte sich zum Gehen. Maren hielt ihn noch einmal auf.

„Valentin." Er blieb stehen. „Wo ist eigentlich das Geld?"

„Das Geld ist an einem wirklich sicheren Ort. Es ist bei jemandem, der gut darauf aufpaßt."

„Prima", sagte Maren. „Pass auf dich auf."

„Ist schon in Ordnung", sagte er im Gehen.

Er lächelte, winkte ihr zu und ging zu seinem Auto. Als sie dem Wagen nachsah, spürte Maren erneut ihren Magen. Etwas war ganz und gar nicht in Ordnung. Sie wartete auf Valentins Anruf.

21

Etwas war ganz und gar schief gelaufen. Henri hatte Bruno zum letzten Mal am Mittwochabend vor Valentins Haus gesehen. Am Donnerstag hatten sie morgens zweimal telefoniert. Danach hatte er Bruno nicht mehr erreicht. Als er nachmittags in den Othmarscher Kirchenweg kam, fand er keine Spur von ihm oder von seinem Auto. Henri blieb eine Stunde vor dem Haus und fuhr dann ins Hotel zurück. Als er an der Rezeption vorbeikam, fragte der Pförtner, ob sein Bekannter ihn denn erreicht habe. Henri war verdutzt. Welcher Bekannte? Doch der Pförtner konnte nur von einem Anrufer berichten, der sich nach Henri erkundigt hatte. Er hatte auch keine Nachricht hinterlassen. Henri konnte sich keinen Reim darauf machen. Niemand außer Bruno wußte, wo er war. Warum fragte Bruno im Hotel nach ihm, wo er ihn doch per Mobiltelefon ganz einfach erreichen konnte? Henri wollte bis zum nächsten Tag abwarten und legte sich schlafen.

Erst am späten Freitag vormittag fuhr er wieder zu Valentins Haus. Auf dem Weg hatte er sich eine Zeitung gekauft. Seit Tagen verfolgte er die Berichte über die Ermittlungen zur Schießerei am Bahnhof. Der Polizist, den er bewußtlos geschlagen hatte, war auf dem Wege der Besserung, hatte aber noch nichts über den Angreifer erzählen können. Henri war froh, daß es dem Mann besser ging. Und wenn er Henri noch nicht beschrieben hatte, war es umso besser.

Tagsüber war die schmale Straße oftmals menschenleer. Dennoch mußte Henri immer damit rechnen, daß von Zeit zu Zeit ein Nachbar in der Zweifamilienhaussiedlung aus einem Gebäude trat, über einen Zaun schaute oder mit dem Auto nach Hause kam. Henri betrat vorsichtig das Grundstück. Alle Schlösser in diesem Haus waren einfache Umschließvorrichtungen, problemlos mit einem gebogenen Nagel zu öffnen. Henri war für solche Fälle weitaus besser gerüstet, als Valentins Schlösser es notwendig machten.

Die Wohnung fand Henri unverändert. Allerdings waren ihm die Details seit seinem letzten Besuch auch nicht mehr geläufig. Hatte diese Flasche am Mittwoch auch schon da gestanden? Henri schaute sich in allen Zimmern um. Das Bett war benutzt und nur zugedeckt wie am Mittwoch. Neben dem Bett lagen Kleidungsstücke. Henri konnte sich nicht erinnern, ob er sie da schon gesehen hatte oder nicht, als er zuletzt hier war. Bruno würde das bestimmt unprofessionell nennen. Ganz unrecht konnte Henri ihm nicht geben. Dann verließ er das Haus ungesehen wieder.

Im Wagen langweilte er sich. Er hatte auch keinen richtigen Plan. Was wollte er tun, wenn Valentin wiederkam? Brunos Methoden waren nicht seine. Die Legion hatte aus ihm keinen reißenden Wolf gemacht. Henri hatte überhaupt nur wenige kennengelernt, auf die eine solche Bezeichnung gepaßt hätte. Selbst Bruno ... vielleicht hätte er unter anderen Umständen einen freundlichen Familienvater abgegeben. Henri schmunzelte. Er nahm die Zeitung wieder auf und blätterte vor und zurück. Dann las er einen Bericht über die städtische Trinkwasserversorgung. An dem Wort Revolver blieb sein Blick hängen. Es stand – ohne Fettdruck - mitten im nebenstehenden Text. Seine Wahrnehmung hatte es aus einem längeren Absatz herausgehackt, als er seinen Artikel las.

Die Beschreibung des Toten von der Autobahn paßte genau auf Bruno. Er würde in nie mehr erreichen.

Was hatte Bruno auf diesem Tunnelübergang denn zu suchen gehabt? War er einer Spur gefolgt? Hatte er Valentin vielleicht sogar gestellt? Und dann? Eine unglückliche Bewegung? Aber wieso hatte er Henri nicht Bescheid gesagt? Es war abgemacht, jeden Kontakt mit Valentin sofort an den anderen weiterzumelden.

Die Stelle war nicht weit entfernt. Henri startete den Wagen und fuhr zur Elbtunneleinfahrt. Als er die Umgebung absuchte, konnte er nichts entdecken, was ihm aufgefallen wäre. Außer eben der Nähe zu Valentins Haus.

Henri war niedergeschlagen. Patrick und Bruno waren tot. Er selbst empfand sich als orientierungslos. Wie lange sollte er noch dieser Beute nachjagen?

Schließlich war er es überdrüssig, vor Valentins Haus zu warten. Er fuhr in die Innenstadt zurück und lief ziellos durch die Straßen. Er konnte Valentin auch noch morgen suchen.

Ein Gedanke ließ ihn stehen bleiben. Bruno konnte ihn gestern nicht mehr angerufen haben! Bruno war gestern nachmittag schon tot. Oder war er doch der Anrufer gewesen? Konnte er ihn mobil vielleicht nicht erreichen, nachdem er Valentin entdeckt hatte?

Henri fuhr ins Hotel zurück und verließ es nicht mehr bis zum nächsten Morgen. Dann frühstückte er ausgiebig, ging in der Innenstadt spazieren und schob den Moment hinaus, wo er zu Valentins Haus fahren wollte.

Dieses Mal würde er vorsichtig sein. Vielleicht war Valentin zurückgekommen.

Schließlich machte Henri sich auf den Weg. Es war schon nach vier Uhr.
Die Straße war leer. Er war bereits geübt darin, das Grundstück unauffällig
zu betreten. Er ging um das Haus herum in den Gemüsegarten. Ein
schuppenartiger Anbau an der Rückseite war leicht zu erklimmen und gab
durch ein Fenster den Blick in Valentins Arbeitszimmer frei.

22

Valentin fuhr unkonzentriert. Immer wieder fiel ihm die Textpassage ein, die er bei Maren gelesen hatte. Ein Soldatentyp. Er hätte Maren um eine ausführlichere Beschreibung bitten sollen. Dennoch hatte Valentin eine klare Vorstellung vor Augen, wie der andere aussah.

Er bremste. Hatte er eben seine Ausfahrt verpaßt? Nein, er mußte geradeaus weiterfahren. Wieder waren dieselben Vorsichtsmaßnahmen nötig. Wieder konnte er nicht nach Hause kommen! Für einen sicheren Verbleib des Geldes hatte er zum Glück schon heute morgen gesorgt. Ein Rechtsanwalt, den er vor Jahren im Marketing Club kennengelernt hatte, verwahrte es in seinem Tresor. In diesem Tresor, glaubte Valentin, lagen bestimmt eine Menge wertvoller Dinge etwas unklarer Herkunft, so wie dieses Geld. Haus und Büro der Kanzlei waren unauffällig gesichert von Sensoren, Kameras, Gittern und diskret wirkenden Angestellten, die für weitere Sicherheit sorgten. Dieses Haus würde das Geld nur noch mit Valentins Zustimmung verlassen. Er mußte diesen Dienst teuer bezahlen. Das war jetzt allerdings kein Problem.

Er parkte in der City. Sein Mobiltelefon war noch immer leer. Er mußte Evelynes Besuch auf morgen verschieben Sie sollte nicht in der Nacht ankommen und sich wie eine Diebin mit ihm davonschleichen müssen. Es war erst vier Uhr nachmittags. Evelyne wollte um zehn Uhr kommen. Sie hatte zweihundertachtzig Kilometer Autobahn zurückzulegen. Bestimmt war sie noch nicht abgefahren. Er betrat eine Telefonzelle und wählte ihre Privatnummer. Evelyne war nicht zu Hause, und er hinterließ ihr eine Nachricht. Er sei heute abend noch außer Haus beschäftigt und bitte sie, erst am Sonntag zu kommen. Er freue sich sehr auf sie, fügte er nach einer kurzen Pause hinzu. Morgen früh werde er noch einmal anrufen. Er legte auf.

Würde die Nachricht sie noch rechtzeitig vor ihrer Abfahrt erreichen? Valentin konnte nicht sicher sein. Er müßte also abends um zehn in der Nähe seiner Wohnung auf Evelyne warten, für alle Fälle. Er konnte sie sogar an der Autobahnausfahrt Othmarschen abpassen, noch bevor sie zu seinem Haus kam. Dort würde er heute jedenfalls nicht übernachten. Vielleicht würde er schließlich auf Marens Angebot zurückkommen. Aber jetzt mußte er doch nach Hause. Um halb fünf wollte der Schlosser bei ihm sein.

Der Othmarscher Kirchenweg lag verlassen da. Valentin parkte den Wagen schon in der Griegstraße und ging zu Fuß weiter. Haus und Grundstück zeigten nichts Verdächtiges. Er betrat das Haus und ging in den ersten Stock hinauf. Seine Wohnung empfing ihn mit einigem Muff. Er hatte kein Fenster geöffnet gelassen. Er kippte die Fenster im Schlaf- und im Arbeitszimmer und setzte sich an den Schreibtisch. Dann wartete er. Es war zwanzig nach vier. Valentin nickte ein.

Es klingelte. Valentin erhob sich, ging zur Wohnungstür und drückte den Summer. Was für ein pünktlicher Schlosser das war!

23

Henri war es gewohnt, seinen Augen zu trauen, auch als er jetzt durch das Fenster direkt in Valentins Gesicht blickte. Der Mann machte ein Nickerchen!

Die Türklingel erschall zweimal kurz. Henri duckte sich, kam dann vorsichtig wieder hoch und sah Valentin durch die offene Zimmertür nun im Flur am Wohnungseingang stehen. Er begrüßte seinen Besucher, einen rundlichen älteren Typ im Blaumann, der - eine Werkzeugkiste mit sich schleppend - die Treppe heraufkam und Valentin die Hand gab. Er war unterwegs im Kundendienst. Valentin ließ sich ein neues Türschloß einbauen. Henri sah zu.

„Das Ding in Ihrer Tür da kriegt ja jeder Anfänger mit einem krummen Metallstück auf." Er hockte sich hin und untersuchte das Türschloß.

„Ich fürchte, das ist auch schon geschehen", sagte Valentin.

„Wie? War einer hier drin?" Der Handwerker hatte eine trainierte Stimme. Das konnte vom ständigen Übertönen der Geräusche in einer Schlosserwerkstatt kommen, ging Henri durch den Kopf. Der Mann hatte die Untersuchung des Schlosses beendet und kramte in seiner Kiste. „Ist tatsächlich 'ne Gegend, in der eingebrochen wird. Was hat er denn mitgenommen?"

„Im Grunde nichts", sagte Valentin. „Das ist es ja gerade, was mich beunruhigt." Henri horchte und sah genau hin. Der Handwerker holte einen länglichen bunten Karton aus der Werkzeugkiste heraus und zeigte ihn Valentin.

„Sie wollten etwas Handfestes, sagten Sie am Telefon. Und etwas, das sich sozusagen ohne Ihr Zutun verriegelt. Hier haben Sie einen Automatik-Sicherheits-Türverschluß, eine Mehrfachverriegelung. Die betätigt sich nach Schließen der Tür ganz von selbst."

„Und ich steh' draußen", ergänzte Valentin. Anscheinend hatte er Verhandlungssinn und Humor dazu.

„Das ist immer so, wenn Sie den Schlüssel vergessen. Das soll auch so sein. Denn wer hier ungebeten herkommt, ist doch in derselben Situation. Und das soll er ja wohl, nicht wahr?" Der Alte war auch nicht schlecht im Verkauf seiner Leistung, fand Henri. „Wenn Sie aber nicht gerne mit Schlüsseln hantieren, dann nehmen Sie doch die Version mit Elektronik-

Öffner, würde ich sowieso empfehlen. Dabei wird der im Türverschluß eingebaute Elektro-Öffner von außen mit einem elektronischen Signalgeber betätigt. Und jedes Mal, wenn Sie die Tür zuziehen, verriegelt sie sich mehrfach automatisch."

Valentin gab sich beeindruckt. Henri kannte die Dinger gut. Technische Beschreibungen hatte er sich dafür im Beschlägehandel besorgt. Information war wichtiger als Hardware.

„Sie können das Ganze auch als Dreifach-Sicherungsleiste über die gesamte Höhe der Tür einbauen. Aber das System müßte ich erst bestellen, das dauert dann bis Montag."

„Nein, nein, ich brauche es sofort." Mit beiden Zeigefingern zugleich wies Valentin den Vorschlag zurück. „Wie lange werden Sie für den Einbau brauchen?"

„Das alte Schloß muß ich ausbauen, hier an der Türkante muß ich eine längere Vertiefung fräsen, dann das neue einbauen, prüfen, zusammen etwa eine Stunde."

„Sehr gut", sagte Valentin. „Mögen Sie einen Kaffee oder etwas anderes?"

„Wasser pur, wenn Sie haben." Valentin holte ihm ein Glas.

„Ich bin nebenan am Computer, wenn Sie mich brauchen", sagte Valentin und kam ins Arbeitszimmer zurück. Henri duckte sich. In dieser Position verharrte er in den kommenden fünfzig Minuten. Er lauschte den Geräuschen an der Wohnungstür und überwachte die sichtbare Umgebung im Garten von seinem erhöhten Ausblick auf dem Schuppendach unter Valentins Schreibtischfenster. Es fing an zu tröpfeln. Henri klappte den Kragen hoch.

„So. Ich wär' soweit", hörte er die Stimme des Handwerkers aus dem Flur. Valentins Schritte entfernten sich. Henri hob den Kopf.

„Lassen Sie mich nochmal Ihre Fenster anschauen."

Die Stimme des Schlossers kam näher. Henri ging tief in Deckung. Die Stimme war jetzt ganz nah.

„Hier brauchen Sie auch etwas Besseres." Offenbar hantierte der Mann am Fenstergriff direkt über Henris Kopf. Er kauerte sich noch enger zusammen. „Schauen Sie mal, da über das Vordach wird er kommen, genau vor Ihr Fenster, das ist doch wirklich ein Kinderspiel. Das Fenster hier ist auch noch gekippt, da braucht nur einer durchzugreifen, den Hebel zu drehen, und schwupps, macht er das Fenster auf und hinterläßt dann noch seine Fußabdrücke auf Ihren Papieren."

Das wäre eine Möglichkeit, dachte Henri. Aber nicht die einzige.

„Bei Ihnen soll doch bestimmt keiner fensterl'n." Die Stimme des Alten war nur Zentimeter von Henris Kopf entfernt. „Ich schlage vor, hier zumindest einen Sicherheits-Fenstergriff einzubauen. Der ist abschließbar. Besser noch wäre ein Kipp-Schiebe-Beschlag dazu. Dann hebelt Ihnen keiner das Fenster aus."

Das wird auch nicht nötig sein, dachte Henri. Der Regen rann ihm schon im Rücken hinunter. Einer der schwächsten Punkte bei der Sicherung eines Hauses ist sein offizieller Zugang, rief er sich ins Gedächtnis. Da sitzt ein Mensch, und der handelt in vielen Fällen auf berechenbare Weise intelligent.

Valentin vereinbarte für nächste Woche einen Termin mit dem Handwerker. Der Mann räumte sein Gerät ein, ließ Valentin einen Zettel unterschreiben, verabschiedete sich und ging. Währenddessen verließ Henri das Schuppendach, schlich zur Hausecke vor und sah dem Handwerker beim Einsteigen in den Wagen zu. Der Mann fuhr ab.

„Jetzt!" sagte Henri leise zu sich selbst und begab sich zur Hauseingangstür. Er hatte die Überraschung auf seiner Seite. Zweimal kurz betätigte er Valentins Klingelknopf. Sekunden darauf ertönte der Summer.

24

Valentin blieb stocksteif stehen. Binnen einer Sekunde riß die Gestalt sich mit drei Sätzen am Treppengeländer hoch, drängte ihn bestimmt in den Flur zurück und schloß hinter sich die Tür mit dem Fuß.

Der in grüne Baumwolle gekleidete Mann war etwas kleiner als Valentin. Gesicht, Jacke, Hose und Schuhe waren tropfnaß, trocken einzig die Hände. Er hatte grüne Augen, stoppelkurze Haare, war etwa dreißig, und seine Statur zeigte die Übung des Kriegers. Marens Beschreibung war prägnant.

„Henri Niemand ist mein Name. Sie sind Valentin Altroge. Ich habe mit Ihnen zu sprechen."

Der Mann war völlig konzentriert. Seine Augen blickten durch Valentins hindurch. Er hatte ihm die Hand auf die Schulter gelegt und dirigierte ihn ins Arbeitszimmer zu einem Stuhl neben seinem Schreibtisch. Valentin nahm Platz, Henri ließ sich gegenüber im Schreibtischsessel nieder. Er trug keine sichtbare Waffe. Valentins Puls klopfte fühlbar im Hals. Dennoch spürte er bei der Beherrschtheit des anderen eine gewisse Ruhe. Immerhin fuchtelte er nicht mit einem Revolver vor Valentin herum.

„Ich möchte zuerst, daß Sie sich beruhigen." Tatsächlich strahlte Henri selbst Ruhe aus.

„Einverstanden", sagte Valentin. Es fiel ihm gar nicht schwer, sich zu entspannen.

Henri wartete ein paar Sekunden.

„Gut, ich denke, ich weiß, worüber wir reden", sagte Valentin dann.

„Interessant."

„Sie sind auf der Suche nach Diamanten, die ich nicht mehr habe.."

„Aha."

„Ich habe die Steine verkauft. Ich könnte nicht einmal sagen an wen."

„Und weiter?"

„Ich biete Ihnen einen erheblichen Anteil am Erlös." Henri gab weder Zustimmung noch Mißfallen zu erkennen.

„Wo ist das Geld?", fragte er.

„Im Tresor eines Anwaltes."

„Und wieviel?" Henri zeigte bei der Frage keine Gemütsregung.

„Drei Millionen, und ich biete Ihnen zwei Drittel." Reglos erfaßte Henri Valentins Gesicht. Valentin dachte an nichts. Doch, er dachte an etwas. Die Zahl fünfzehn belagerte seine Vorstellung, sie wollte hervorkriechen aus seinem Mund. Die Unterlippe wollte sich schon zur oberen Zahnreihe hochkrümmen, die Zahl erschien in den Farben des Regenbogens vor seinem geistigen Auge.

„Nun, das wäre zu wenig", antwortete Henri ohne nachzudenken. „Ich will vier Millionen. Den Rest behalten Sie. Ich denke, es wird noch eine übrig sein, nicht wahr?"

Valentin atmete ein, breitete die Hände aus, senkte den Kopf und atmete aus. Er benutzte die Geste sehr selten. Auch jetzt benutzte er sie nicht wirklich. Es war wie eine Mechanik. Doch bevor er zu sprechen anfing, redete Henri weiter.

„Hören Sie, ich möchte kein Aufsehen. Ich weiß, daß Ihre erste Zahl gelogen ist. Sie sind nicht der Dummkopf, der mir erzählt, wie hoch der Erlös beim Verkauf tatsächlich gewesen ist. Ich spiele mit. Jetzt kommt es darauf an, wie gut Sie geblufft haben."

Valentin lauschte staunend.

„Hätten Sie mir als Gesamterlös zwei Millionen gesagt, wäre ich von dreien ausgegangen. Sie haben sozusagen schlechter gepokert. Ich erhöhe nur den Einsatz. Sie müssen wissen, Bruno und ich haben viel Zeit und Aufwand investiert in dieses Projekt, und es wird mein letztes sein. Bruno hat nichts mehr von der Beute, Patrick erst recht nicht, es ist nur verständlich, daß mein Anteil sich dadurch erhöht."

Henri argumentierte wirklich. Er hatte Valentin eben zwei Namen genannt. Das war völlig unnötig gewesen. Wäre Valentin jetzt auf der Hut, müßte er fürchten, der andere werde ihn nach dem Handel schon allein wegen dieses Wissens aus dem Wege schaffen. Aber hier saß ein Mann vor ihm, der sich gehen ließ, auf eine merkwürdig kontrollierte Weise. Valentin spürte die Niedergeschlagenheit durch eine geübt ausdruckslose Fassade. Indem Henri, wie er sagte, den Einsatz erhöhte, legte er zugleich seine Karten einfach auf den Tisch. Valentin zog nach.

„Gut. Ich verstehe. Ich besorge das Geld - wenn es geht, sofort. Lassen Sie mich telefonieren."

„Es wird bestimmt gehen." Henri deutete mit der Hand aufs Telefon.

Valentin erreichte den Anwalt zu Hause. Henri ließ bei dem Gespräch nicht die Augen von ihm. Der Anwalt war überrascht, als Valentin sagte, er brauche sein Geld.

„Sie brauchen alles? Sofort?"

„Ja", begnügte Valentin sich zu antworten. Er wollte keine Summe nennen. An Ort und Stelle konnte er einfacher darüber sprechen. Der Anwalt war zum Glück auf eilige Fälle vorbereitet. Er sagte, er brauche eine Stunde, weil er solche Operationen nie allein durchführe. Valentin stimmte zu. Als er aufgelegt hatte, schaute Henri ihn an.

„Setzen Sie sich wieder." Valentin folgte der Aufforderung. „In einer Stunde also. Wo?"

Valentin nannte die Adresse, es waren nur wenige hundert Meter. Die Kanzlei lag an der Elbchaussée.

„Ich werde Sie begleiten", sagte Henri.

Valentin überlegte keine Sekunde. „Wenn Sie das tun, machen Sie uns beiden Schwierigkeiten."

Henri hob die Augenbrauen.

„Ich habe Sie mit der Summe tatsächlich belogen, und bei dem Handel schaut noch etwas für mich heraus." Valentin hörte sich reden. „Ich teile aber Ihre offene Haltung. Was ich möchte, ist Ruhe vor irgend welchen Verfolgern, sei es Bruno oder Henri."

Soeben hatte er verraten, daß er Bruno getroffen hatte. Henris Pupillen weiteten sich einen Moment. Valentin sprach weiter.

„Wenn Sie mich zu dieser Kanzlei begleiten, müssen Sie wissen, daß es sich um ein Haus mit sehr viel Erfahrung in finanziellen Transaktionen aller Art handelt. Es gibt dort Personal, das auch Fälle wie diesen in seine Überlegungen einbezieht. Ich möchte Sie – offen gesagt – nur loswerden, und ich möchte auch, daß Sie hinterher wirklich zufrieden sind und mich in Ruhe lassen. Vertrauen Sie bitte darauf."

Henri nickte nur.

„Ich denke, ich kann Ihnen das Geld um Viertel nach sieben draußen vor dieser Haustür übergeben." Henri nickte wieder. Er schlug das Bein über und faltete die Hände vor dem Bauch.

„Erzählen Sie mir von Ihrer Begegnung mit Bruno." Seine Daumen klappten gegeneinander.

Valentin berichtete lückenlos von seiner Verfolgungsjagd mit Bruno zur Polizeistation, vom Überfall im Auto, von der Verfolgung über dem Elbtunneleingang und von Brunos Tod. Immer mehr zog sich Henris Miene beim Zuhören zusammen. Mit gekrausten Augenbrauen hatte er den Blick gesenkt.

„Und das war mittags zwischen eins und zwei? Wie lange waren Sie auf der Polizeistation?"

„Nicht ganz eine halbe Stunde. Bruno hat die Zwischenzeit wohl gut genutzt."''

"Haben Sie denn beim Einsteigen keine Einbruchsspuren am Wagen bemerkt?" Valentin konnte sich an keine Beschädigungen erinnern und schüttelte den Kopf.

„Er muß einen Schlüssel gehabt haben."

„Hat er bestimmt. Der Hund! Aus Ihrer Wohnung natürlich. Hat mir nichts davon gesagt. Linken wollte er mich. Ich habe doch die ganze Zeit versucht, ihn anzurufen. Sein Handy war abgestellt." Henri, für einen Moment unbeherrscht, faßte sich wieder. Eine Frage quälte Valentin.

„Wer ist Patrick?" Henri erzählte, wie Patrick nach dem Überfall des Trios mit der Beute verschwunden, in Hamburg aufgespürt und auf dem Bahnhof von Bruno niedergeschossen worden war.

„Und dann kam Ihre Freundin ins Spiel. Den Rest wissen Sie." Valentin nickte mehrmals. Es war eine erstaunliche Situation. Henri verhielt sich völlig unverstellt. Valentin fragte weiter.

„Ist Patrick tot?"

„Keine Ahnung, ich hab' ihn die Arme hochreißen sehen, es sah aus wie ein Herzschuß. Davon sterben die meisten."

Valentin schaute ihn lange an. Dann sah er zur Uhr. Es war Zeit für seinen Anwaltstermin. Henri hob einen Zeigefinger.

„Um Viertel nach sieben draußen vor dem Haus. Ich warte. Und den elektronischen Signalgeber, wenn ich bitten darf." Er streckte Valentin die offene Hand hin. Valentin legte den Türöffner hinein. Dann verließen beide zusammen das Haus. Als Valentin wegfuhr, sah er Henri die Straße zu Fuß hinuntergehen.

Valentin erreichte die Kanzlei von Dr. Kessler-Liebekind zur vereinbarten Zeit. Der Anwalt erwartete ihn schon an dem gesicherten Grundstückstor.

Er war in Eile. Valentin erklärte ihm, er benötige nur einen Teil der Einlage.

„Welche Summe?", fragte der Anwalt beim Betreten der Villa.

„Vier Millionen", antwortete Valentin. Der Anwalt führte ihn in sein Büro. Ohne Zögern griff er dort zum Telefon und ordnete an, die Summe aus Herrn Altroges Einlage sofort bereitzustellen. Dann wandte er sich wieder Valentin zu.

„Sie wissen, daß wir nicht für Ihre oder für die Sicherheit transportierter Werte garantieren, sobald Sie das Grundstück verlassen?"

Valentin bejahte.

„Die schriftlichen Unterlagen zu der Übergabe lasse ich Ihnen Montag durch Boten zukommen. Ich darf Sie nur bitten, diese Quittung zu zeichnen. Sie wird Ihren Einlagen zugeordnet."

Valentin gab die verlangte Unterschrift. Die samstägliche Aktion allein würde ihn eine vierstellige Summe kosten. Dafür bot das Haus einen Grad an Diskretion und Sicherheit, der Valentin beruhigte.

Eine junge Frau in uniformähnlicher Kleidung brachte Valentins Geld in einem kleinen Koffer, den sie ihm geöffnet hinhielt. Wie ein Kellner, der einem Gast die Weinflasche mit dem Etikett zur Prüfung zeigt, dachte Valentin. Er warf einen Blick auf die geschichteten Tausenderbündel und nickte. Sie verschloß den Koffer und übergab ihn Valentin.

Der Abschied vom Anwalt war förmlich und knapp wie die gesamte Prozedur, in verläßlicher Weise seelenlos. Wer's braucht, dachte Valentin und fuhr nach Hause. Es war Viertel nach sieben. Auf dem Othmarscher Kirchenweg begegnete er wenigen Fußgängern und einem Auto.

Henri erwartete ihn an einer Parkbucht auf dem Bürgersteig. Valentin hielt an. Henri öffnete die Beifahrertür und stieg ein. Valentin holte den Koffer von der Rückbank, Henri nahm ihn und öffnete die Verschlüsse. Sein Gesicht blieb regungslos, als er routiniert ein paar Bündel durchblätterte. Er verschloß den Koffer, verstaute ihn rechts von sich und drehte den Kopf zu Valentin.

„Sie haben als erster in dieser Sache Ihr Wort bei mir gehalten." Abzüglich der professionellen Starre in Henris Antlitz meinte Valentin geradezu Rührung bei ihm zu verspüren. Henri gab ihm den Türöffner zurück.

„Ich werde Sie in Ruhe lassen. Viel Glück!" Henri hielt ihm die Hand hin. Valentin ergriff sie, ohne den Augenkontakt mit Henri zu unterbrechen. Der nickte, griff den Koffer und stieg aus. Valentin vermutete, daß er sich nicht umschauen würde und blickte ihm auch nicht nach. Sie waren beide entschlossen, einander nicht wiederzusehen, zum Vorteil beider. Valentin blieb sitzen. Im Rückspiegel strahlte die Sonne. Er war erlöst. Wo blieb die Erleichterung? Wie am Anfang einer Erkältung kratzte sein Hals.

„Ich bin hier gut aufgehoben", sagte er zu Maren am Telefon. Er brauchte nicht mehr nach Mölln zu fahren. Endlich war er wieder zu Hause angekommen. Auch Maren konnte sich jetzt sicher fühlen. „Warum kommst du nicht auch wieder her?", fragte er sie.

„In ein paar Tagen erst. Es ist sehr schön hier, ich schreibe, ich saufe nicht und kiffe nicht, ich esse regelmäßig und bin zu normalen Zeiten wach. Aber meine Mutter will mich auch wiedersehen. Mitte nächster Woche bin ich wohl wieder in Hamburg."

Valentin freute sich für Maren. Mehr noch freute er sich für sich selbst. Nach dem Auflegen aß er zwei Bananen, wusch sich und kroch ins Bett. Halt, das Mobiltelefon! Wieder baute er seine improvisierte Ladestation auf dem Fußboden vor dem Bett auf, legte ein Buch als Stütze unter den Anschluß und steckte das Zubehörkabel in eine Steckdose. Eine ganz schön lange Leitung! Schade nur, daß er Evelyne für heute noch abgesagt hatte. Aber vielleicht war es auch besser so, er sollte sich ausruhen und lange schlafen, dachte er im Einschlummern.

Im Traum fuhr er über eine neblige Landstraße. Nicht einmal die Böschung am Rande konnte Valentin noch erkennen. Störend reflektierten Nebeltröpfchen sein Scheinwerferlicht, und er richtete das Steuer nur nach der unterbrochenen weißen Mittellinie aus. Er fuhr langsam. Plötzlich sprang eine Gestalt von links vor den Wagen. Der stand im Nu und ruckfrei still, wie von selber. Die Gestalt, ein Mann mit Hut und Pullover, ging vornübergebeugt und mit Blick auf Valentin dicht vor dem Wagen vorbei. Ihre erhobene Hand schien ihn zu warnen, ihr gesichtsloser Blick hinterließ bei Valentin den Eindruck einer dreist übersteigerten Mischung aus Willfährigkeit und Arglist. Dann verschwand die Gestalt. Valentin gab Gas und fuhr geradeaus in den Nebel. Über das Stopschild an einer Kreuzung rutschte er trotz Vollbremsung.

Er erwachte. Es war fast dunkel, Viertel vor zehn. Er drehte sich auf die andere Seite. Dann setzte er sich blitzschnell auf. Ihm wurde schwindelig.

Mußte er nicht zur Autobahnabfahrt? Nein, er mußte gar nichts tun, alles war gut. Er legte sich wieder hin. Dann riß ihn die Türglocke hoch. Im Morgenmantel wankte er in den Flur und betätigte wie mechanisch den Öffner. Der Summerton ließ ihn zusammenfahren. Er öffnete die Wohnungstür nicht gleich und horchte ins Treppenhaus. Die Schritte auf der Treppe waren leicht und flink. Er öffnete wie in Trance. Da stand Evelyne, regennaß und strahlend. Valentin sackte zusammen.

25

Mit dieser Begrüßung hatte Evelyne nun auch nicht gerade gerechnet. Sie hatte allerdings ohnehin jede Vorstellung unterlassen, wie ihr Treffen mit Valentin zu verlaufen habe. Sie war daher ganz offen für alles, was von nun an geschah. Entsprechend aufmerksam griff sie zu, als Valentin ihr in der Wohnungstür entgegensackte.

Sie schleppte den schlaffen Körper ins Schlafzimmer zurück, dorthin, wo er hergekommen sein mußte, rollte ihn aufs Bett und besah ihr Werk mit schräggestelltem Kopf. So lag er ganz gut. Sie deckte ihn zu. Einen Job als Pflegerin hatte sie noch nie gehabt, als Kindermädchen vielleicht. Sollte sie Valentin jetzt noch ein Fläschchen zubereiten? Schmunzelnd riß sie sich zusammen. Vielleicht war er krank und gar nicht betrunken. Sie beugte sich über sein Gesicht. Er roch zumindest nicht nach Alkohol. Jetzt schlug er die Augen auf und war prompt hellwach.

„Schön, daß du hier bist", sagte er. Er räusperte sich. „Was für ein Empfang!" Er wirkte blaß, bekam aber rasch wieder Farbe, als er sich aufrichtete und sie umarmte.

„Was ist los, Valentin?"

„Es ist alles überstanden. Ich ziehe mich rasch an. Dann gehen wir aus. Ich werde dir alles erzählen, wenn du es hören magst."

„Kommt nicht in Frage", widersprach Evelyne.

„Ich habe aber nichts zu essen vorbereitet", wendete er noch ein.

Sie drückte ihn aufs Bett zurück. Er war völlig fertig. Sie kam gerade eben erst von der Autobahn. Seit Mittag hatte sie immer wieder im Auto gesessen. Die Fahrt nach Hamburg bot sich an, unterwegs in Hannover ein Geschäft abzuschließen. Sie hatte wirklich keine Lust, noch einmal durch die Gegend zu kutschieren. Ihr war eigentlich auch nicht danach, lange über Probleme zu reden. Evelyne zog ihren Mantel aus, streifte die Schuhe ab, legte sich aufs Bett und schmiegte sich eine Weile stumm an Valentins Seite. Dann hob sie den Kopf, sah ihn an und schüttelte ihre nassen Locken dicht vor seinem Gesicht, bis es von Tropfen bedeckt war. „Nun bist du pudelnaß wie ein Pitsch", sagte sie lachend. Sie kannte das Zitat, weil sie die Kindergeschichte, aus der es stammte, oft ihrer Nichte vorlas.

Er lachte genauso. Jetzt sah er wieder gut aus.

„Du bist gar nicht betrunken, oder?", fragte sie.

„Nein, erschöpft. Ich habe seit Tagen nicht mehr gut geschlafen, ich war ständig unterwegs und habe für einen alten Mann viel zu viel Stress und Aufregung gehabt. Vorhin dachte ich, ich werde krank. Aber ..." Er hielt inne.

„ ... seit ich hier bin, ist alles gut, und aus dem alten wird wieder ein junger Mann", ergänzte sie lächelnd. Er lächelte auch. „Nicht wahr?", fragte sie dann ernst. Sein Lächeln blieb. Er schien entspannt zu sein. Dann begann er zu erzählen. Bisweilen schien er sich selbst staunend beim Erzählen zuzuhören.

„Henri ist zufrieden. Er wird nicht mehr wiederkommen und nun ist Ruhe", schloß er. Evelyne hatte ihm mehr als eine halbe Stunde lang zugehört. Schon davon konnte sie seine Erschöpfung verstehen.

„Was wirst du tun mit dem Geld?" Das war eine dumme Frage, fand sie selbst. Sie schüttelte den Kopf. Wie sollte er das jetzt wissen?

„Ich habe einige Tausender herausgenommen und überlege, was ich mit dem Rest anfange. Maren bekommt die Hälfte davon, und dann sind es immer noch mehr als fünf Millionen. Ich bin reich." Im Unterschied zur Zuversicht in Klang und Bedeutung seiner Worte blickte er gereizt. Als sie seinen Kopf in die Hände nahm, entspannte er seine Züge und schmunzelte wieder. „Ich habe viele in die Geschichte hineingezerrt und will etwas abgeben." Evelyne fand das eine gute Idee.

Sein Blick hellte sich auf. Er schob die Zunge mit geschlossenem Mund von einer Wange zur anderen. Dann nickte er und sagte: „Du bist natürlich hinter meiner Kohle her."

„Eben", antwortete sie und schlang den Gürtel seines Morgenmantels um ihren Zeigefinger. Er zog sie an sich und umfaßte ihre Taille. Bluse und Rock beengten sie. Trotz des Regens war es nachts heiß.

Heute war Sonntag, vierzehnter Mai. Sie erwachte davon, daß er Frühstück brachte. Valentin war bereits seit mehr als einer Stunde munter und hatte, während sie noch schlief, in seiner Küche aufgeräumt. Er trug Jeans, ein T-Shirt und lief barfuß. An diesem Tag wirkte er leicht zehn Jahre jünger, als er war, zudem witzig, aufgekratzt und begeisterungsfähig. Es war schon nach elf und sehr warm in der Wohnung. Evelyne schälte sich halb aus den Laken und setzte sich auf. Er nahm neben ihr Platz. Dann frühstückten sie, froh, diesen Tag ohne Hast zu beginnen und sahen sich beim Essen die Sendung mit der Maus an. Danach machte er den Fernseher aus, räumte das Geschirr weg und zog ihr das Laken fort. Das konnte ein schöner Tag werden.

Am Nachmittag stand sie zum ersten Mal auf. Sie wollte ins Badezimmer und schwang sich aus dem Bett. Beim Auftreten spürte sie etwas am Fuß, das mit leisem Geräusch auf den Boden fiel. Sie hatte sich in einer Ladevorrichtung für Valentins tragbares Telefon verfangen, bückte sich und nahm das Gerät hoch, um den Kontakt wieder herzustellen.

„Ach, das Ding ist jetzt bestimmt aufgeladen", sagte Valentin hinter ihr. Sie reichte ihm das Gerät. Er stellte es empfangsbereit und legte es zur Seite.

Evelyne und Valentin waren heute ausgelassen wie zwei junge Hunde. Sie machten einen Spaziergang an der Außenalster. Hier zeigte sich halb Hamburg bei Sonnenschein am Sonntagnachmittag. Später unternahmen sie eine Fährschiffahrt von den Landungsbrücken nach Finkenwerder, von da nach Teufelsbrück und zurück. Es wurde bald dunkel.

Zum Essen lud Valentin sie in ein hervorragendes italienisches Restaurant in der Nähe des Ottenser Marktplatzes ein. Müde und sorgenfrei kehrten die beiden schließlich heim in seine Wohnung. Den Montag und den Dienstag hatte Evelyne sich arbeitsfrei gehalten. Das Geschäft war bei ihrer Freundin Sonja, die ihr bisweilen aushalf, in den besten Händen. Evelyne konnte noch mehr als einen Tag in Hamburg verbringen.

Ihr war warm. Bei Betreten der Wohnung ging sie sofort in die Küche und holte Mineralwasser aus dem Kühlschrank. Valentin zog seine Schuhe aus. Sie füllte ein Glas.

„Magst du auch etwas trinken?"

Sie hörte Valentins tragbares Telefon läuten und ihn den Flur durchqueren. Als er an der Küche vorbeikam, sagte er „Ja" und verschwand im Schlafzimmer, aus dem das Gerät erschall. Evelyne füllte ein zweites Glas. Valentin telefonierte. Sie hörte ihn nicht sprechen. Er schien seinem Gesprächspartner zuzuhören. Sie stellte die Flasche in den Kühlschrank zurück und verließ die Küche mit den Gläsern. Als sie das Schlafzimmer betrat, begegnete sie Valentins Blick.

Er sah starr durch sie hindurch. Sie stellte die Gläser ab und ließ ihn nicht aus den Augen. Er lauschte in den Apparat, die Augen zur Tür gewandt. Ganz am Ende des Gesprächs sagte er nur einen Satz.

„Ich werde da sein."

Valentin klappte das Gerät zu, schleuderte es von sich. Es blieb auf dem Kissen liegen. Er schaute sie an. Mit zusammengezogenen Augenbrauen spitzte er nachdenklich den Mund. Dann sprach er leise, fast tonlos, dennoch schnell und gefaßt.

„Patrick. Es ist schon fast komisch. Er sagt, er hat in der Brusttasche immer ein Zigarettenetui. Jetzt hat er es sogar wieder herrichten lassen. Der Schuß am Bahnhof hat ihn nur umgehauen. Vor Abfahrt des Krankenwagens ist er einfach unbemerkt wieder ausgestiegen. Er hat Henri gleich gesehen und ist ihm gefolgt. Außer der Summe weiß er fast alles."

„Woher kennt er denn deinen Anschluß?"

„Meine Mobiltelefonnummer steht im Internet. Ich werde ihn treffen. Aber dann ist die Geschichte wirklich zu Ende."

Sein Blick war auf einen Punkt außerhalb der Welt gerichtet. Er sammelte sich zum Sprung wie ein Tier. Gewiß keine Beute, dachte Evelyne.

Nachwort und Dank

Dieser Roman entstand aus der Verbindung von Erfahrung und Phantasie.
Je mehr er heranwuchs, umso mehr mußten die Zusammenhänge durch
weitere Erfahrungen angereichert und abgesichert werden. Es waren Menschen gefragt, die bestimmte Sach-, Lebens-, Berufs- oder Leseerfahrungen
haben und dem Autor vermitteln. Ich danke dafür, daß ich die Erfahrungsschätze einzelner Auskunftpersonen plündern und den Sachverstand kritischer Leser nutzen durfte, die mir geholfen haben, Widersprüche oder
Unklarheiten auszuräumen. Für dennoch enthaltene Widersprüche und
Unklarheiten bin nur ich verantwortlich.

Zahllose Informationen über Diamanten und Diamantenhandel verdanke
ich Nicolas Piaggio, Göttingen. Die Genauigkeit und Stimmigkeit einzelner
Flug- und Bahnverbindungen ermöglichte mir das First Reisebüro, Göttingen. Einer Angestellten des Ordnungsamtes der Stadt Göttingen danke ich
für die Präzision einiger Begriffe, dem Maritim Grand Hotel Hannover für
Anschauungsmaterial zu Örtlichkeiten. Informationen über Gepflogenheiten in Lokalredaktionen gab mir Hanne-Dore Schumacher vom Göttinger
Tageblatt. Für einzelne Hinweise zu Örtlichkeiten schulde ich zwei Hamburger Polizisten Dank, für andere Toni Huber, Hamburg. Wertvolle Auskünfte gab mir Christian Anderson, Göttingen. Mögliche falsche Beschreibungen von Örtlichkeiten oder Sachverhalten verantworte ich.

Lutz Finkeldey, Hannover, Jürgen Gagalick, Hamburg, Ulrich Knoke,
Göttingen und Marion Loges, Bad Sachsa haben mein Manuskript in der
Entstehung so geduldig wie kritisch gelesen und fruchtbar kommentiert.

Göttingen, Juni 2000